〔新时代·新农村·新少年〕

百花争艳

李彩红 著

湖南少年儿童出版社·长沙

目录
MULU

引　言 / 001

第一章　　远方客人 / 007

第二章　　山径崎岖 / 047

第三章　　铁皮石斛 / 084

第四章　　山花烂漫 / 123

第五章　　炉火通红 / 152

第六章　　百花争艳 / 192

后　记 / 203

引言

　　青云山主峰东灵峰时常隐匿在云雾间。靠近峰顶一块较为平坦的草地中间，耸立着一座八米高十数米宽的巨石门框，门匾上精雕细刻着龙凤花纹。村里人都知道，古时候这儿曾是一座山神庙。

　　传说很多年前，山神庙里居住着一位采药行医的老郎中。他医术高明，心地善良，前来找老郎中诊病求药的穷苦百姓络绎不绝。某年，山下一户穷人家一个叫青云的小孩突发急病，跟父母在地里干活时突然倒地抽搐，顷刻间便气息全无。做父母的束手无策，唯有号啕大哭。恰逢老郎中打此路过，急施救治，竟让男孩起死回生。

　　父母不知该怎么感谢老郎中的救命之恩，老郎中说："如果你们看得起，不妨让孩子跟我学医，往后救治更多

病人，就是无量功德了！"

于是，十二岁的小青云就跟着老郎中去了东灵峰。老少二人一起开荒种地。耕作之余，青云跟师父学医习文，还进山采药、下山出诊，治病救人无数。

那天，老郎中叫来青云，交给他一张字条儿，让他去山下采买些山上稀缺的药材种苗。

青云接过纸条念道："芍药、桔梗、辛夷、蒲公英……啊，师父，这不都是些花儿吗？"

老郎中说是花也是药。

青云便携带师父给他的散碎银两下山。刚走过石峰对峙的"铁门槛"，遇见一位须发皆白的瘦弱老翁在一处陡坡艰难地举着柴刀，一边咳嗽一边砍伐枯树。青云走上前去询问，老头喘着说自己单身一人无以度日，全靠上山打柴换取粮米苟度余生。青云想都没想，就将身上银两分出一半塞给老汉，继续赶路。

行至老龙潭，青云望见潭边陡岩上站着个抱孩子的女子，她满脸泪痕，青云觉得不对劲，急忙上前阻止。原来

引言

那妇人为救治患病丈夫欠下债务，结果丈夫未能救活，落得个人财两空。债主上门夺其住宅抵债，母子二人无处栖身，生活更没着落，走投无路……青云拉着母子俩离开险境，掏出身上所剩银两，让她领着儿子回乡营生。

身无分文的青云准备回山，想到无法向师父交差，只好打算去别处寻找野生药材种苗。他信步走进一片陌生的山地，怎奈盛夏之时山花多已枯谢，凭他那一点点见识，无从准确辨认药材，寻至天黑一无所获。青云疲惫不堪，靠着一棵大树昏昏睡去。

恍惚之间，他来到了一处百花争艳的山谷，忽闻仙乐缥缈，五彩祥云中飞下许多小鸟，落地即化作荷锄拎篮的仙童仙女，就在溪谷中四下采挖。

青云好奇地上前打听，人家告诉他说此处名唤"神仙谷"，遍地的花草幼苗皆是草药，他们前来采挖，就为了普散大地救治百姓。青云大喜，找仙童借来锄头奋力采挖。

正挖得起劲，仙乐又起，那些采药的孩子纷纷恢复了

百鸟模样,叼着药篮腾云四散。

青云目送他们远去,急忙将采挖的幼苗扎成一捆扛上肩头,觅路回山。

回到东灵峰尖,天色已近黄昏,只见霞光映照,山林如画。师徒俩寄居的山神庙却已成一堆废墟瓦砾,仅剩巨石门框屹立于荒草之中。青云大惊,慌忙放下药苗找人询问。一位老樵夫告诉他,听祖上人讲过,这里曾经确实有一座山神庙,但住在里面的神医去世后,他那小徒青云下山未归不知去向,山神庙再无人居住打理,从此没落倒塌。

青云这才醒悟,原来昨天挖药的地方确非凡间——人家分明告诉他那儿叫神仙谷啊。"洞中方七日,世上已千年。"他去的这一趟大概也花费了几百年吧。想起师父和父母乡亲早已离世,青云大哭一场,跪下来朝石门框拜了三拜,又对着山下村庄的方向叩头默哀,然后将采来的花草幼苗栽遍远近山头。

说也奇怪,那么一小捆幼苗漫山遍野栽种,竟然无穷无尽。青云不吃不喝也不知饥饿疲惫，一口气栽种了七七四十九天，浑身衣服尽行破损，脚上布鞋也不知去向，他依然在山间忙碌……

中秋之夜，山下百姓望见东灵峰星月交辉、亮如白昼，漫山百花齐放；那个栽种花草幼苗的少年席地而坐，竟有无数五彩花瓣绕着他飞旋，霎时化作祥云簇拥他升上半空，飘然而去……

小青云种下的花草幼苗生生不息，救治了无数穷人。为了纪念他，人们将东灵峰改名为青云山。

……数百年过去，各种山花开遍青云山。从此山乡也留下一个特殊的民俗：生了孩子不论男女，都喜欢用应季的花草来为娃娃们取名。历经风雨的巨石门框至今依然耸立山巅，鸟语花香中泉流潺潺，仿佛在向世人讲述那个美丽的传说。

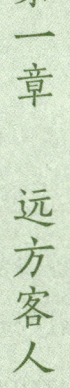

第一章 远方客人

  青云采药成仙的传说凌霄很小就听爷爷说过,爷爷也带他上山神庙遗址采过药,采挖的草药叫啥名他不记得了,只记得爷爷挖回来送给村里两位患腿疾的独居老人,捣烂枝叶敷脚镇痛,居然有奇效。于是那个遍山栽种花草幼苗的少年青云成了凌霄心目中的偶像。

  稍大点儿,凌霄上学之余也喜欢在自家村舍周围栽树种花,这种爱好扩展开来,让他对耕田种地也产生了极大兴趣,现在他最崇拜的人无疑是袁隆平爷爷了!

  每到清明时节,青云山的鸟儿欢快地鸣唱,红的芍药，蓝的桔梗，深红浅粉的杜鹃，野樱桃、刺蔷薇和金樱子次第绽放，金灿灿的油菜花也在山间田野铺开厚厚的黄绒地毯。山风吹荡，镶嵌其间的紫云英如彩霞浮动，灿若锦缎……涌动的花潮引来了追花夺蜜的养蜂人，他们把蜂箱放置于田林和崖壁毗邻处的陡坡上，在这片"湘北蜜海"尽情收获着春天的甜蜜。

青云山的田间地头又开始了新一轮的农忙。傍山的梯田里不断传出"铁牛（耕田器）"突突突突的发动机声，其间掺杂着驱赶耕牛的吆喝声；导入梯田的山泉水被黄泥搅浑，从每丘田的排水口哗啦哗啦依次淌下，阳光照耀的田垄里闪亮着一截截金色的飘带。

凌霄家还在使用"原生态"的牛拉步犁。裤管高挽紧跟在黄牛身后，他左手拽住绚绳、右手扶着木犁，蹚着泥水大步前进。三角状的铁犁头划开泥块，将盛花期的紫云英埋进犁沟。

简直有些可惜！可是紫云英就是作为"绿肥"种下的，它们牺牲了自己却肥沃了田地，为水稻丰收打下基础。不时有伤害庄稼根茎的土狗子（蝼蛄）和金龟子幼虫被突袭的犁头翻出水面，紧跟耕牛的黑八哥和白鹭忙着追赶啄食。

"嗨！"男孩模仿成人的嗓门吆喝着，是催促黄牛还是为帮忙除害的鸟儿们喝彩？他自己也说不准，反正他一下田干农活就兴奋得想唱歌，唱不好，把心里的快活喊出来也痛快啊！凌霄特别爱"钻研"农活，技术学到手了，他驾牛整田竟然也像打乒乓球那样上了瘾。这不，今天爷爷有事不能来，他又瞒着大人赶牛下田了。

没闹旱灾之前，凌霄还能去山下水浆丰沛的大丘双季稻田里施展更高级的农技——辊田。辊田使用的滚耙是一个装着木齿的宽轮盘，驾牛的人稳稳站在滚耙上，跟驾驭战车的古代将军似的驱赶牛儿在水田里疾行。咕噜噜咕噜噜，耙齿将稻茬杂草碾入稀泥，接下来就可以栽插晚稻秧苗了。

可惜，自从田家垅水库干涸，山下的水电站废了，靠水库灌溉的大片双季稻水田陆续被迫改种单季稻，更缺水

第一章
远方客人

的地段甚至种上了玉米、红薯之类的耐旱作物，这使得他们村里春耕热火朝天的氛围大打折扣……只能在靠近山泉源头的山垄梯田里施展技艺，简直有些大材小用！凌霄遗憾地摇摇头，用力提起木犁把手，吆喝大黄牛跨过田埂，进入下一丘更狭窄的水田。

衣兜里的手机铃声忽然响了。

"在哪？快回来，你爷爷上山摔了！"电话里奶奶的喊声十分急切。

凌霄赶紧卸下牛轭，将牛儿拴上草坡，急急朝家里跑去。

爷爷是为勘测队当向导摔伤的。他们村向乡镇上报了助推乡村振兴的果园茶园、药材基地和稻田养鱼等七八个项目，而这些都有赖于有丰富水源灌溉的良田沃土。身为村支书的爷爷兴奋得坐不住了，他说，只要解决了浇灌问题，他们霞洞村在脱贫致富路上绝对不拖后腿。

于是，乡村振兴局特地调派勘测小组协助他们开辟水

百花争艳

源,爷爷又自告奋勇领他们进山……

快满六十岁的人了,咋就不知道消停消停呢?没错,老爷子是老党员,干啥都讲究个"冲锋在前",但也得掂量一下自己的体力啊。再说,为村里引水的事嚷嚷多少年了,凌霄就陪爷爷进山"奋斗"过多少次,水呢?水仍然在离村四十里的老龙潭大山里白白流淌,村里的旱情依然一年比一年更严重。

做这样的无用功,何不把自家田地拾掇好?他家的承包田有山泉灌溉,虽说仅仅是来自石缝的小小一股渗水,可从没断过流,能保证那一整坡十来户人家的梯田旱涝保收。

爷爷全然不听劝告,凌霄刚提了个建议,老爷子胡子都气歪了:"你倒讲得撇脱(方言:干脆的意思)!我一个村干部只顾着自家,任由山下的田地撂荒,大伙儿吃沙子去?"

吃沙子也轮不到我们家!凌霄在心里顶撞。要不是爷爷喜欢帮东家助西家,光是爸妈每月寄回的钱,他们祖孙三个根本用不完。但他说出口的却是另外的话:"你再怎么带头冲锋,村里的水稻种植还不是减少了大半!"

"那都是缺水害的,"爷爷叹息着,"所以才得向大山要水啊。"

要得到吗?凌霄跟着爷爷夜宿山洞、来回往返老龙潭探路琢磨过好几趟,然后爷爷率领村干部和村民一道上老龙潭引水,终因水路太长,消耗过大,劳心费力用橡胶管架设的跨山水道,才引出几百米远就断了水头。

是水量小了,还是落差太小压力不够?种地经验丰富的老支书也一筹莫展。"引水工程"贴了水管材料工具不说,还被村里几个"刺头"追着喊着要误工费,把奶奶气得不行。爷爷偏不记事,到了冬闲,又领一帮人上"井冲"掏井,折腾了半个月,数米深的井坑挖了好几处,但一滴水都没找着。

缺水!就因为这个,接近退休年龄的爷爷至今闲不下来。把勘测队接到家里之后,爷爷瞬间年轻了十岁。他亲自杀鸡宰兔款待客人,又腾出最好的卧室床铺,唯恐技术

百花争艳

员们吃不好、睡不香。今天一大早,爷爷就兴致勃勃地领客人进山,没料到……

屋里围着好些人。爷爷是在前往老龙潭的中途崴伤了脚,被队员们背回来的。此刻他还斜倚在枕头上,皱着眉头直吸冷气,看来伤得不轻。

"要你莫没事找事,你偏要自讨苦吃!"凌霄这抱怨大半是针对客人,"这会儿叫我回来有啥用?我又不是医生。"

"莫废话!你给我争个颈(方言:争气的意思)!"爷爷一口喝尽奶奶递过的药汤,将瓷碗重重地顿在床头的茶几上,指了指门边的柴刀,"你是男子家(方言:男子汉的意思),找水是全村的大事,自家的活先撂下。开路的任务交给你——立马领邱队长他们走二十四拐上老龙潭!"

命令的语气不容违抗。知道爷爷生气了,凌霄换上一双半新的登山鞋,又拾起地上的柴刀。"牛还在后山垄里呢。"他迟疑着说。

"没事，我去牵。"奶奶说着出了门。

爷爷转向客人："老邱，去老龙潭的路没有谁比我们爷孙俩更熟，霄伢子能行，你们放心大胆跟他去。"

"你那脚伤……"勘测队长老邱不放心地看看老爷子。

"只管去，"老爷子挥挥手，"这脚不碍事，敷了草药又喝了药，休息两三天就好了。"

邱队长就不再迟疑。他挎上背包，跟另两名队员一起快步跟上提着柴刀往外走的男孩。

多年无人进山，上老龙潭的山路早被郁郁葱葱的杂草灌木覆盖，只剩下一道蜿蜒曲折的凹痕，稍不当心就可能蹚进凹坑、撞上石头。遇上了荆棘拦路，还得靠柴刀砍开。干这个凌霄内行得很。从小学四年级起爷爷就把他当"劳动力"培养，让他放牛割草，还常带他翻山越岭采挖草药、领他进山找水。

一到人迹罕至的草莽丛林就得举起柴刀"砍路"，对凌霄来说早成了习惯。

阳光炙烤下的山林寂静无声。狭窄的傍崖险道上,一株倒下的枯松横躺在陡崖的半腰窄路当中,无法绕过,领路的凌霄一弯身子,从折断树臂支撑的空隙间钻过;紧跟其后戴眼镜的年轻队员也跟着蹲下身子往前钻,不料用力过猛,背上的大行囊被卡住,进退不得。他只好解开背带,可行囊仍被死死卡在树干底下。

凌霄伸手去拽。

"别、别动!"队长急喊,"这里头是精密仪器!"说着就跟队员们合力去扛抬树干。

巨大的树干纹丝不动,大行囊卡在那儿,仿佛跟木头结成了一个整体。

凌霄看了看伸向陡坡下的树冠,抬脚踏上了颤颤悠悠的粗树干。

一群黄花雀惊得呼地蹿出,如投掷碎石般撞入对面的灌木丛。凌霄不理会,继续一步步走向大树半腰。这种情况下,只需提防在树枝间营巢的毒蜂。没有那些毒虫子,什么都不在话下。

第一章
远方客人

　　三双城里人的眼睛一眨不眨地盯着随树干颤动的身子，唯恐男孩一脚踏虚。从客人们紧张的声声叮嘱中，男孩感觉到了自己"不同凡响"的勇敢。他偏要在这些城里人面前"弄险"，就抡起柴刀，砍向脚下碗口粗的树梢。

　　悬停在半空的树梢随着砍斫声震颤不已。一连砍了二三十刀，嘎吱——哗！断开的硕大树冠整个儿向山崖下坠落。

　　减去重负的树干猛地一回弹，瞬间向上抬高了半米。早有准备的凌霄不慌不忙退回来。卡在树干底下的宝贝仪器已被小心挪过去。几个人小心翼翼地传递着行囊，从升高了的树干下钻过，又贴着右侧崖壁一步一步挨过那二十来米光秃秃的险道，才进入前面的树丛。

　　汗流浃背地爬完一段陡坡，太阳已经上了左侧的山峰。照这速度，啥时候才能走到老龙潭？凌霄想。有这工夫，他家那几丘山垄田早整出一半了——那是爷爷和他的"传统农耕"高产试验田呢，他家的单季水稻亩产一直保持着全村最高纪录；可如果误了农时，哪怕延迟三五天，

百花争艳

稻谷产量都有可能受到损失……

心里揣着一万个不乐意,但凌霄毕竟明白事理。客人并非游山玩水,人家是乡村振兴局派来的"先头部队",承担着重大职责。要不是为造福山村,这些城里人也犯不着跋山涉险吃苦头。

"歇歇吧,"来到一株大槐树下,他建议,"反正要明天才能赶到。"

"不是说二十公里吗?我们已经走了两个多钟头,剩下的路应该不多了,"戴眼镜的年轻队员小王有些疑惑,"会不会走错?"

"这里才到'槐树坳',错不了的。"凌霄很瞧不起城里人的无知,"二十公里是地图上的直线距离。咱们爬山岭绕山道,路程得乘以三;花费的时间,至少也得乘以三!"

"那今天晚上……"

"山洞野营。"凌霄说得十分肯定。

"没事,"邱队长说,"我们出来干活都做好了野营准备的。"说着他招呼大伙坐下，拿出压缩饼干分给凌霄，又递过一瓶饮用水。

凌霄放下水瓶，站起身绕到路坎下扒开茅草，他记得这条路上的每一处"补水"地点。这株古槐下的泉眼就叫"槐泉"，跟爷爷进山采药，每回路过这儿他都要拜访。

他顺手折了一根草管，准备去吮吸石头缝里渗出的甘泉。出现在眼前的却只剩干透了的石坑，里面堆满了落叶。

旱情已经殃及深山老林了！

爷爷说贫困不可怕，"地是黄金板，人勤地不懒"，只要肯干，就能脱贫致富。可是近几年来，霞洞村仅仅因为干旱就让那么多山地稻田歉收、果木药材种植失败，缺水怎能不成为爷爷这位老支书的一块心病！

莫非真像科学家预言的"地球越来越热"？近年雨雪骤减，山区旱情一年比一年严重。更糟糕的是，三年前，赖以灌溉的田家垅大水库突然绝了源头——水库上方那片号称"千道泉"的山林泉眼陆续干枯。入山找水的村民从

百花争艳

水库与山体连接的巨石之间发现了几道吓人的裂痕——水都从"地缝"漏光了!

是不是受邻省那场小规模地震的影响?谁也说不清楚,总之,缺乏水源补充,偌大的水库不久就变成了干坑。

偏偏老天又不作美,当年入夏后连续两个月没下过一场透雨,政府调配若干抽水设备才帮助村民们勉强插下的晚稻秧苗,不久又被熊熊烈日烤成一片枯黄,接着受害的是村里的猕猴桃园和金银花基地……

从霞洞村流过的山溪一再萎缩,无法保证灌溉。

抽水机日夜不停地将鱼塘里残存的水抽出,救活了一部分重新补插的晚稻秧苗,但依然有离鱼塘距离远的大片田地开裂,想补种都没机会。不久,稻田附近的大小鱼塘、水井也一个接一个被抽干。后来,连人畜饮用水都得靠爷爷和村干部轮流驾着村部的小四轮货车到山下邻村的水井拖回。

拉水的货车一趟接一趟地奔忙,将饮用水送往各家各户;一些习惯靠天吃饭的村民变得萎靡不振,扛着锄头徘徊在干裂的田埂上,无可奈何地看着旱魔肆虐。不断有人叹息着离去,登上路过村边的长途客车,进城打工去了。

第二年,旱情依然在田地最需要水的季节发生。这一来,对那些想抛弃田地外出打工的青壮劳力,爷爷再没理由阻拦。

凌霄的爸爸妈妈在村里算得上"知识分子",是最先进城闯荡、创业办厂的。得到家乡遭旱灾的消息,他们尽其所有一再向老家汇款。可是旱情持续蔓延,政府拨款和外出务工人员的资助,大半都用于抽水、引水、补种和救苗了。

盛夏的蓝天仍旧一碧如洗。好容易盼来几片阴云,又被酷热的南风驱逐得一干二净。

老天爷真要把这片山乡忘记了吗?

丰富多彩的乡村生活陡然暗淡。无计可施的留守户们习惯性地上门来找老支书讨主意。凌爷爷一声不吭,满是皱纹的脸像干裂的土地一样忧伤。

老支书没有向困难低头的习惯。他带上大孙儿前往老

百花争艳

龙潭。

老龙潭有水。据说无论干旱多严重的年岁,那儿的水也从未断过流。

可是它一直在空无人迹的深山里流淌,到下游荒山形成小片沼泽,最终也仿佛渗入地缝,不知去向。爷爷想要把它"请"出大山,那得付出多大代价?!

别处不说,被称为"二十四拐"的陡峭石崖,百十年间不知吓退过多少找水的英雄好汉!那段石道上常年云雾缭绕,其中那号称"铁门槛"的三段石隘口更是狭窄得只能容一人侧身通过;另有好几处近乎垂直的石级,手抓藤条攀缘而上,低头就能看见岩鹰从脚下飞过……

要想改变靠天吃饭的局面,还得求助于现代科技手段!

因此,屡战屡败的老爷子把引水下山的希望全寄托在勘测队身上,又把带路的任务交给了孙儿……这么想着,凌霄顿感责任重大,满腹牢骚烟消云散。

短暂的休息过后,他向前蹚路的脚步明显加快。

第一章
远方客人

几个背负沉重行囊的城里人气喘吁吁紧跟上来。

山谷里的黄昏来得特别早。

凌霄带领的小队通过两山对峙的"铁门槛",拐进了沟谷一侧的陡峭石道。湿漉漉的青苔踏上去滑溜溜的,他们必须小心地跨出每一步。

突然,背后传来一连串树枝折裂的声音,接着是邱队长的失声叫喊。凌霄急回头——邱队长已从湿滑光溜的青苔石道上滚落而下,摔进路坎旁一汪窄小的积水里。

漂浮着落叶的积水没过邱队长的腰身,他全然不顾其他,只是双手高擎背包,用力举过了头顶。

他那背包里大约也装着贵重的勘测仪器!凌霄抢在前头攀着枝丫爬下去,先接过沉甸甸的登山包。两名队员合力将队长拉上来。邱队长的膝盖被水沟边的石块擦破,他掀起染红了的裤管,鲜血不断从伤口往外涌。

小王赶紧从登山包里翻出碘酒药棉。然而,碘酒淋上揭去了一块皮肉的膝盖,立即被血液稀释、带走。

百花争艳

　　凌霄便放稳大背包,抓住树枝,猴子般灵活地攀上路侧陡岩,揪下几把檵木叶包进衣襟。跑回邱队长身边,他捡了块石头用力捶打包着树叶的衣襟,然后将单布里裹着的浓绿色汁水滴在队长的膝盖上,再将捣成稀泥状的叶渣敷上去。

　　血立马止住,凌霄新衬衫的前襟却在石块捶打下烂成了"渔网"。

　　这老练果断的行为令队员们惊讶不已。听到他们的夸赞,男孩顿时神气了几分:他这个"凌霄"是白叫的么?从八九岁起,他登山爬树的本领就让村里的大人们咂舌……虽然他的名字跟花儿没半毛钱关系,可乐意给孩子取"花名"的乡邻,说笑时还是把他的名儿跟最善攀缘的凌霄花扯到了一起。

　　"还能走吗?"他大人似的问邱队长。

　　得到肯定的答复,凌霄抬头看了看天。高空依然天蓝云白,夕照却只剩远处高峰之巅那淡淡一抹,温度也开始下降。"那就别耽搁了,咱们得在天黑下来之前赶到

'灵猫洞'。"说罢,他背起队长那个登山包,率先迈上了石级。

以前跟爷爷上老龙潭,回途中的凌霄还有余力从半路背回一捆干柴,他对自己"久经考验"的体力向来十分自信。反手托住左右摆动的登山包,男孩努力让步子踏得更稳。

还算好,五个小时的跋涉走完了将近一半路程。凌霄把勘测队员们领进了爷爷带他住过的灵猫洞。

灵猫洞并非灵猫盘踞之处,它只是二十四拐中段的一处干爽通风的溶岩洞。洞中一片昏暗,邱队长从背包里拿出一盏充电应急灯,照亮了一间大房子那样宽敞的空间,通向山肚子里的侧洞却小得不能容人通过。

他们用干粮冷水对付了一顿晚饭,就抖开几个睡袋,躺了下来。

凉风驱散了炎热,蚊虫都逃得不知去向。大个子队长躺下去不久便鼾声大作。

百花争艳

　　看看几位疲惫不堪的城里人,凌霄好久未能安心入睡。他拿了一支手电筒,拥着邱队长发给他的睡袋挪到靠洞口一角,自觉担负起了保卫工作。

　　他越来越看重自己在这支"小分队"里的作用,爷爷不在身边,他得为全队的安全负责。

　　先前跟爷爷进山并未见过攻击人的野东西,但山风掠过洞口响起的呜呜声还是让他有些不自在——他不承认害怕。有啥可怕的呢?

　　山林流淌的新鲜空气对身体只有好处!屏息凝神地坐在洞口,他这样想。可是洞外头那丛矮树梢为啥老在抖动?莫非真有灵猫或是其他野东西藏在树后面,想要冲进来抢夺"洞府"吗?

　　凌霄使劲朝黑暗中睁大双眼。

　　勘测队员们都睡熟了,现在他就是唯一醒着的人。为验证自己的胆量,凌霄干脆起身走出灵猫洞。洞外满月当空,偶尔有蝙蝠和夜鸟扑腾着翅膀悄悄掠过,山野被月辉渲染得清朗幽深,树影婆娑。

月光光，照四方，

老老少少来拜香；

东一拜，西一拜，

盼得今年好收成……

儿时念过的古老童谣从心头掠过，眼下这月夜的凉爽却不能预兆好收成——按农业科普书上的说法，万里无云空气干燥才会白天烈日当空，而夜间地面"辐射散热"加强，造成晚春时节"昼热夜凉"的现象，这恰恰是干旱延续的征兆……现在没人为求雨去敬神"拜香"，要争取丰收，全靠自己！

振作起精神，他摁亮手电筒绕过大树。那丛树影后啥也没有，只看到泥地上几道深深的犁沟——充当"铁犁"的必定是大野猪长着獠牙的长嘴！那种杂食野兽最爱用坚韧的鼻吻掘土觅食。他用手印印，犁沟里还是潮湿的，说明这位大力士刚离去不久，说不定还躲在一旁窥视着……

脑瓜里闪过一头面目狰狞的粗毛野猪，凌霄背上难得

百花争艳

地起了鸡皮疙瘩。

争气点儿好不好？他责备自己。山里人都知道，野东西多半是怕人、怕亮光的，只有被火铳或铁夹子伤了，它们才有可能找人拼命。

这片大山早在他爸出生时就禁猎了，生态系统得到恢复，消失多年的山林野兽也逐渐回归。既然没人去打扰它们，野猪干吗还要跟人类过不去？

如是安慰着自己，他晃着手电光，小心翼翼地从那里退出。

睡吧，明天还要赶路呢。回到洞口，他才发现那盏应急灯又亮了。戴眼镜的年轻技术员就着灯光在抄写什么。

"小王叔，咋不睡呢？"凌霄压低嗓门儿问。

"睡不着。"小王放下手里的小本子，"这是我第一次深山野营，好兴奋……要不然，咱们到外面去说说话，好吗？"

三位客人里，小王最年轻，所以凌霄跟他混得最熟。此刻小王叔想要跟他说啥？凌霄好奇地想着，跟着来到洞外的石坡上。

万籁俱寂的林海之上,细如沙粒的繁星遍布天河,热烈而明亮。

小王在石坡上坐下了。"你怎么没跟爸妈进城读书?"他问。

"我自愿的,"凌霄说,"爸妈挣钱不容易,我留在家里多少能帮着干点活儿,既帮着照看了爷爷奶奶又替父母节约了开销,多好。"

"没想到你这么懂事。"小王说,"了不起啊,你在家能干农活,进了深山又活泼机敏……"

嗬,人家还挺欣赏他的!凌霄高兴起来,恨不得立即将满肚子关于山林的知识都抖搂出来显摆一番。可接下来,他发现小王早从爷爷那儿了解到了他的一切,知道他脑子聪明啥农活一学就会,对学习却敷衍了事不怎么用心。

凌霄脸上发烫。

"其实没啥了不起的,"他替自己辩解,"我只是对读书不感兴趣罢了。考不上高中、上不了大学有什么关

百花争艳

系?我能种田啊,我早学会驾牛犁田、播种插秧了。"担心被人家看作"老古董",他又加了一句:"现在传统农技越来越稀罕呢——我同学他们村还办起了传统农耕民俗文化区,城里来的游客们争着体验一把,生态旅游立马红火起来……"

话虽这么说,凌霄心里仍有几分担心。爷爷说,霞洞村只要解决了水源问题,外出务工的爸妈就会带着弟弟回乡创业。比他小两岁的弟弟凌云早被大城市的学校培养成了"学霸",妈妈一打电话就向他做一番"通报表扬",言下之意,就是要他这当哥哥的以弟弟为榜样……他们回来,不就意味着他学习上无人过问的"自由"到头了吗!

当然,只要爸爸妈妈能回来,一家人生活在一起,村里的田地果园能恢复生机,他宁可接受妈妈的严格管控。

"水——我是说,咱们进山引水有希望吗?"他转移了话题。

小王说当然,这次邱队长下了决心——不获全胜,绝不收兵!

"就凭你们三个？"凌霄不相信。

"我们人不多，可有高科技做后盾啊。"小王十分自信，"听说过《封神榜》里的杨任吗？"

知道！凌霄从电视中见识过的，那人手心长着一对天眼，能"上观天庭，下观地穴"，有个会"土遁"的家伙从地下钻过来刺杀姜太公，被他一眼就看穿了……

"我们的'天眼'比杨任的还厉害，"小王说，"喏，分装在队长和我的背包里，地下有水，我们不用凿井就能侦察到。"

逗我开心呢！凌霄在心里说。他指着对面似剪影般的山峦，给小王讲起了山里流传的神话故事，哪哪是吕洞宾舞剑的场所，哪哪是葛仙翁炼丹的岩洞……直到冷得受不住了，他们才回洞里去睡。

晨雾迷蒙的山道上湿漉漉的。没走出多远，几人都湿了裤管湿了鞋，冰凉冰凉，贴在皮肉上倒醒精神。

邱队长一瘸一拐，落在队尾哼哧哼哧直喘粗气。凌霄从邱队长背上取过登山包，挎在肩上在前面走得更欢——

百花争艳

他又找着了在城里人面前的"优越感"。

老龙潭在望。

那是一连三叠相通的水潭,数道飞瀑从密林间倾泻而下,接通了三眼水潭,水石相搏,崖壁回应,制造出神话中"龙吟"般的轰鸣。

一汪汪碧水令邱队长激动不已,他让小王放飞一架无人机,自己摁亮了遥控器上的航拍显示屏。携带高清摄像头的无人机迅速升空,显示屏上的青山绿水逐渐缩小。最后,那一系列天然深潭便如一串蓝宝石,在丛林环抱中闪闪发亮。

凌霄目不转睛地盯着邱队长手中的屏幕。从高空俯瞰的镜头里看,这哪像缺水的山区?林影叠翠间山泉瀑布泠泠流淌,窜入蔽天遮日的绿帐后时隐时现,忽又穿岩过涧倾泻而出……噢,下方那片曾被开矿损坏的残林经过人工治理,也恢复了大片起伏的绿涛。他记得爷爷说过,那儿已经成了邻村的"万亩油茶基地"。

百花争艳

要是他们霞洞村也能得到潭水的滋润,村里的田地果园同样会连成这样的绿色海洋!

然而,直到小王收起无人机,邱队长仍然皱眉、摇头。

"水路太远吗?"凌霄好担心。

"不仅仅水路远,而且——你们看,"邱队长拿出一台平板电脑,打开3D地图,用电容笔在标注着"老龙潭"的地点画了个红圈儿,"从这儿引水回村,要经过多少高山深谷!无怪乎凌支书以前都没成功。就算不计成本开凿盘山水渠,中途损耗太大,这里的水源也远远不够啊!"

引水没有了指望,回程变得格外艰难。满山蝉噪不宁,肩上的登山包仿佛变得越来越重。

突然,路侧林子里传来一阵绊动草木的窸窣声。

野猪?!想起昨晚看到的犁沟,凌霄全身一紧。

没容他缓过神来,相隔十来米的正前方草丛里蹦起一头黄麂,眨眼间,那机敏的小兽朝路坎下弹身跃起,霎时消失在密集的灌木丛里。

"快看，梅花鹿！"紧跟在凌霄身后的小王喊。

"哪里是梅花鹿，"凌霄扬起脑袋，脸上满是"这都不懂"的得意，"这叫麂子。幼麂身上都有这种花斑，就像野猪。小野猪身上不是长着棕色条纹吗，大了，就变没了。"

"山里娃儿懂得真多。"那位长络腮胡的队员说，"我儿子跟你一般大，除了飞进小区里的鸟儿和虫子，他在现实生活中还没见过别的野生动物哩！"

"也是近些年才多起来的，"凌霄说，"我把山里出现的动物写进作文，我们老师好高兴，说野生鸟兽回归证明植树护林成绩显著、生态环境大大改善。可就是……"凌霄不甘心地叹了口气，"刚刚好起来，水源又稀缺了……"

"莫灰心，"邱队长在后头给他鼓劲，"从地貌和植被看，青云山绝不至于缺水——我们一定能找到水源的！"

百花争艳

一场虚惊反而驱散了疲惫。他们继续赶路,眼看着日头蒙着云翳,跌跌撞撞地坠向山凹……

入夜,勘测队又住进了灵猫洞。

三个勘测队员凑在一块儿商量。躺在睡袋里的凌霄只听到断断续续的句子,夹杂着一些从未听过的新鲜词儿:

"……那一侧同样距离远,消耗大……"

"……要不,干脆到近村处沿途做物探……"

物探?也是探水吗?邱队长的一番话更是让凌霄听得满头雾水,什么"地下断裂带"哪,"间歇泉"哪,什么"交叉垂直",等等。这些词儿他一概不懂,却也给了他一线希望——

至少,勘测队没打算放弃他们霞洞村!

小王不是向他保证过"不获全胜,绝不收兵"吗?但老龙潭那水源无法引出来已成事实,再有高科技,近村处也不能无中生有地冒出水来啊。

不过,化学老师说水是由氢和氧两种元素化合而成,

第一章 / 远方客人

也许，他们那些神奇的仪器能够把空气中的氢和氧收拢来……凌霄悄悄把手伸向一只背包，去摸里面的东西。里面硬邦邦的像是电脑。还有些什么？真有一台能够无中生有制造出水的东西吗？不可能吧，那得耗费多大能量？想想都让人头晕目眩！

那么……绞尽脑汁也想不出一个所以然，他终于扛不住，昏昏入睡。

醒来时天已大亮。就着袋装牛奶草草吃下几块面包，邱队长又催大家出发。

几位城里人今天倒不急于赶路了。邱队长一瘸一拐地带领两个队员沿途摆弄着各种仪器，还不时地放飞无人机观察环境。

凌霄追着他最感兴趣的无人机看热闹。

"这是观察周围有没有高压线、信号塔，"邱队长告诉他，"凡是带电的东西都可能干扰勘测结果。"

"那……你们的物探，是不是真像《封神榜》的杨任的手掌心里能够看穿地层的'天眼'？"

百花争艳

"差不多吧,"邱队长说,"如果地下有水,一定躲不过仪器。"见男孩依旧一脸茫然,队长刹住话头,"别急,将来你会懂的……"

"邱队,快过来——"小王在那边喊。

凌霄跟着过去。听他们几个围着那黑黑的小机器议论着,好一阵,他才从那一串串半懂不懂的名词中听出了一个大概意思:物探有结果了!仪器上显示出地下水的信号,只是不很强,也不稳定,邱队长说达不到开掘标准。

他们便继续向霞洞村接近,每走一段,就停下来勘测。

凌霄的情绪便跟随邱队长的面部表情,在希望和失望中升降不定。

山下的村庄被夕晖渲染得金光闪闪,哞哞咩咩的牛羊叫声在山野里此起彼伏,惊扰得觅食归巢的鸟儿们在树冠间聒噪不休。

他们天擦黑才回到村里。匆匆洗过澡,吃过晚饭,几位客人就被爷爷邀进了里间。

隔着一堵墙壁，听不清楚那边的谈论。凌霄调低电视音量，听爷爷提到了"井冲"这地名。邱队长感兴趣了："没有水，怎么叫井冲呢？"

爷爷说"冲"在方言里特指山间小平地。井冲与"铁门槛"遥遥相对，早在百十年前井冲就无人居住；但老辈人都知道，那儿有几眼枯井。

"……空的（"空"读去声。方言：没用的意思），去年我带人去那里开过井，"爷爷说，"挖了四五处没出一滴水……"

几个人又议论开了。

枯井和地名能有什么意义？小王和队长给他讲过的话还回响在耳边，"将来"——将来他真能懂吗？凌霄想，如果他在学校上课仍然那样不认真……

五心不定，看电视也静不下心了。凌霄干脆关了电视，专心倾听隔壁的议论，可越听越摸不着头脑，仿佛他跟邱队长他们分别处于完全不同的两个世界。有什么办法

呢,面对形形色色的仪器,他简直就是一个睁眼瞎子!如果再不专心读书,他长大了就是一个科盲——而在科技发展日新月异的今天,科盲等同于文盲!

纱窗外虫声唧唧,客人和爷爷奶奶都已入睡。凌霄躺在床上聆听着小闹钟嘀嘀嗒嗒的读秒声,竟没有半点睡意。

次日仍然是大晴天。

一大早,邱队长让凌霄领他们直奔井冲。

井冲地势虽高,却不远,就在霞洞村西边的山坡之上。宽敞的山坪里还能依稀看到许多半埋在地里的基石,旧屋占据的地基早已变成了人工林,整齐排列的杉树郁郁葱葱。一群芒花雀从林中飞起,鸣叫着四散惊逃,它们后头追赶着一道模糊的黄色影子——哈,准是黄鼠狼!

凌霄追了过去,他想看看山里的黄鼠狼是不是个头特大。这种热衷于攻击幼小家禽的小兽经常出没在房前屋后。

小兽仗着茅草枝叶的掩护,始终没露出全貌。凌霄蹚进灌木丛，那东西忽而没有了踪迹。

回头望望，勘测队员那边又搬出做物探测验的仪器，在林地外沿"扎根"了。凌霄很想去弄清个究竟，又担心自己冒出傻问题被人笑话。他于是想象那是杨任长着"天眼""地眼"的大巴掌，往那儿一扣，地底下的一切都无可遁形。不过这儿的水井早在爷爷的爷爷那一辈时就干枯了，爷爷后来找水又失败了，说明地下压根儿没有了水啊。

希望不大。

还是先找到"狼"再说吧。他正要钻进树林，围在那边的几位忽然激动地大声嚷嚷起来。

他急忙放弃侦察，跑了过去。

"……的确有水！"邱队长对着手机报告，"我们的仪器检测到了'富水源'。这下面全是水，加之地势高，开采出来，不光可以充实田家垭水库，近边几个村的农田灌溉全能解决！"

凌霄听到了电话那端爷爷喜出望外的惊叫和欢笑。

"全是水？"凌霄更糊涂了，"我们霞洞村是一直浮着的吗?"

"不是,这下面是地下水连通的通道!"邱队长按捺着兴奋耐心解释。

连通通道。这名词凌霄倒是听物理老师讲过。

"是地下河吗?"他问,"多久能挖出来?"

"差不多吧。"邱队长把本子搁在绑了纱布的膝盖上,"老乡们不是说老龙潭的水流经沼泽地后就入了'地缝'吗?还有千道泉突然凭空消失掉……确实是地震造成地下水流改道,它们都汇入了同一径流系统,形成了新的地下暗河。开采出来还得费些时日啊……"

说着,他又埋头记录起数据。

担心干扰人家的工作,凌霄不再吭声,待在一边看着。

"下一步定井位,咱必须谨慎,这些低电位的地方,也有可能是碳质……"队长跟另两位队员商谈着,他们面对的是仪器显示屏上出现的彩色曲线和密密麻麻的数据。

凌霄鹅似的伸长了脖颈,眼前闪过"两极剖面"四个字。又是一个新鲜词儿,但他没敢再问。

简直神了!井冲的水井干枯了一百多年,勘测队却仗着高科技轻而易举就掌控了地下水的去向!

邱队长让伙伴拉开一卷皮尺,又沿着皮尺插上金属杆。邱队长逐一观察记录,杆子也随着朝同一方向移动。这大约就是确定井位,安排后续的钻井和开凿渠道的工作了,凌霄想。可是,他啥也不懂,人家也没叫他帮忙。

这当儿,他猛然想起这地点还有个名儿叫"水蛇坑"——既然有过水蛇,当然与水有关!他想报告队长,突然意识到此刻说了也不过是事后诸葛亮。要是赶在爷爷说出井冲之前报告了,他兴许就立下了找水的头功。

他懊恼得想要捶自己的脑袋。

有幸充当了水源勘测队的向导,却不能成为这支队伍的成员,甚至连向导都似乎不称职……想要成为像勘测队员那样有实力的人,他必须得学点什么?

小王的红皮本子就搁在一旁的石头上。那里面应该能

找到答案!凌霄溜过去,悄悄翻开红皮本子。

上面写的仍然是莫名其妙的符号、字母,以及对他如同"天书"般的名词术语:横纵向电阻率、频域电磁法、大地电磁测深、可控源音频大地电磁测深……

"这些东西,你从哪学来的?"把本子还给人家时,凌霄惴惴地问。

"大学啊。"小王说,"不过在课堂学的那一点点还远远不够,我还在努力跟队长和胡子哥学——你瞧,后面这部分都是我这些天的学习笔记……"

找个水源也得掌握那么多的学问!凌霄悄悄叹了一口气,走到远远的山坎边坐了下来。

霞洞村的地底下竟然有地下河。可村里没人知道,爷爷也没找到。原本稻菽丰稔、瓜果飘香的富庶山村,就因为一场小小地震的影响,泉流改道水源枯竭,从而落到今天这模样……

守着大量地下水源却屡受旱魔侵害,实在荒唐,对不对?

第一章
远方客人

可这是事实!

老师在激励他们用心学习时,总爱提起"未来学",提到形形色色的高科技。凌霄老觉得那些东西离他太远,八竿子也打不着的东西他提不起兴趣……没想到真正的高科技忽然就来到了他身边,而且在他眼皮子底下创造了神话般的奇迹!

如果没有这些奇迹,他感兴趣的"传统生态农业"同样不可能顺利进行,稳产高产更是一句空话——老天爷随便开个玩笑,就可以把农民的半年辛劳轻轻松松地"抹掉"……

想着这些,凌霄对几位远方来的客人充满了感激,不仅仅是因为他们为干旱的山区找到了水源,还因为他们开阔了他的眼界。此刻,他心里的所有想法如丰沛的地下水向外迸发。高中、大学、电法仪、勘测……这些词儿在他心里团团转,山野的凉风又让纷乱的思绪瞬间澄澈,变得清晰无比。

凌霄挺起了结实的胸脯。未来充满了变量,但他知道

百花争艳

前面的路该怎么走了!

他靠着一块山岩坐下,在凉爽树荫里放松了身体。昨夜失眠造成的困倦阵阵袭来,蓝天白云和山下的村庄农田在他眼里便逐渐模糊……

勘测队员们忙完收拾好工具,才发现倚在山岩边的小向导睡熟了。小王把手里的工具包递给队友,尽可能轻悄地背起了凌霄。

梦中的凌霄面前摆放着一大堆仪器。他把手伸向按键,山野间一股股白花花的水柱喷涌而出;爸妈带着弟弟,还有好多外出务工的乡亲们都回来了;猕猴桃园的花蕾缀满枝头,金银花藤条在舒展中变绿,黄桃树上挂满金灿灿的果实;一度抛荒的田垄里,绿油油的稻秧苗苗壮成长……

男孩在梦中笑出了声。

第二章 山径崎岖

百花争艳

青云山的东麓是霞洞村,青石板铺就的古道村街紧挨着田家垅的谷口,村街尽头的浅坡上便是霞洞村小学。

霞洞村小学全校只有一个班——六个年级并成的"复式班"。

三四十名学生全由夏老师一人教。上课铃一响,夏老师先让四年级的学生看书预习,她抓紧时间给五、六年级讲上一段,布置作业后再教一年级拼音识字做加减,而这会儿,二、三年级的正忙着背书造句默写生字……

实在忙不过来,夏老师就会安排"大班长"代替她管管低年级，领小同学读拼音念课文，甚至教他们列算式演算。

在这样的学校，只要当上了班长，就有机会光明正大地客串一把，过一回当老师的瘾。

所以总有高年级的孩子争着当班长。夏老师挺好说话，哪些学生乐于助人、威信高，就让他们当班长候选人，让全体同学举手投票。候选人多半是两个，票数少的那个自然是副班长了。

凌云比别人"野心"更大，刚上二年级，他就开始惦记这个"职位"了。

选上班长就意味着责任和担当，要帮老师辅导低年级同学不说，每天放学后还得扫地、擦桌、抹玻璃、锁校门；碰上大雨或下雪，班长还得指挥几个班干部分上中下三路，护送从崎岖山道远路而来的小同学……这些，凌云早就有心理准备，既然是男子汉，就不该逃避责任！何况更吸引他的还有每天的升旗仪式——随着夏老师拉手风琴奏响国歌的旋律，班长在全校同学的关注下站上升旗台将

百花争艳

国旗缓缓升起……

　　干啥都不服输的凌云能不向往这个职位吗？他成天盼着自己快快长高长大，好获得竞选资格。

　　可惜，还没上三年级，凌云就被爸妈接到深圳去了。

　　大城市里的学校大得让凌云惊讶：光是他插班的三年级就分出好多个班，每班都有几十号人；升旗仪式上全校集合时还有一支像模像样、完完整整的管乐队——演奏起国歌和少先队队歌时，就跟电视里的一样雄壮激昂！

　　凌云跃跃欲试——当不上班长，进校乐队也行啊！就为了这个，凌云发奋努力，在若干次大小考试中拿出好多个满分。经过一年努力，终于感动得老爸兑现承诺，奖励他一支金灿灿的萨克斯管，又帮他报了周末培训班。终于，到五年级下学期，凌云的各科成绩都达到优良，萨克斯也练到了有资格向校乐队报名的水平。

　　偏偏就在这节骨眼上，老爸被爷爷的一个电话给"喊"了回来，凌云也跟着爸妈一道回乡下了。没能进入校乐队神气一番多少是一种损失，但比起回老家跟哥哥凌霄聚在一起，全家人整整齐齐在一块儿生活，那点儿损失又算得了什么！

凌云他爸是霞洞村第一个南下打工的，在务工者中是小有名气的能人。起初老爸在深圳城郊的果园里干活，后来通过自学当上了果园技术员。听人家说，无论柑橘桃李、杧果荔枝，还是产量不佳的莲雾杨桃，只要经过凌技师剪枝修整培土施肥，来年产量准定成倍增长——就凭这些技能，老爸成了那个"产销一条龙"公司的技师，还拥有了不少份额的公司股权。接凌云进城那年，他们还办起了一家水果深加工工厂，他妈妈也从会计师上升到了公司的财务总监。

事事好强的老爸仍不满足。这不，趁着乡村振兴的大潮，他又接受家乡的邀请，转让了股份，回乡创业啦。

一眨眼离开山村已有三年，回忆起当初那个想当班长的"雄心壮志"，凌云忍不住要笑。当年的他多幼稚！不

过，对有机会为每天的升旗仪式伴奏还是挺向往的——在城里待了那么久，他除了门门功课出色，那一手漂亮的萨克斯吹奏还没正儿八经地露过脸呢。

要是让他为夏老师的手风琴伴奏……

"没机会啦，"跟他同年级的涛涛泼他的冷水，"咱们村校要撤，夏老师也要调走了！"

"那咱们得去镇上念书？"

"对啊，"涛涛好兴奋，"夏老师说，翠屏乡中心小学比咱们村校条件好多了！每天还派校车开到村部接送……"

凌云心头紧了一下。撤校对他来说无所谓，反正家里有车，爸爸妈妈随便哪一个，上下午各抽半小时就可以完成对他的接送了。万一爸妈没时间，他也只需步行几百米到村部搭乘校车。

可是，那些远离公路的同学咋办？还有同学跟父母住在半山腰的护林站，那儿连机耕路都没有。凌云的舅舅也在护林站工作，小时候他每次跟哥哥去看舅舅，回程还得哥哥搀扶着他一段一段往下挨——那些崎岖的傍岩险道、密林间的青石小径确实美得像童话仙境，逢年过节去玩玩是一种享受，可要每天步行上下学，没有超强的体力还真吃不消！偏偏家住护林站的是几名女生……

"嗨，你还记得那'五朵金花'，"涛涛说，"你晓得不，就仗着上下学路上的锻炼，她们中间的四个在今年全镇学生运动会上，还拿到了小学组4×100米接力赛的冠军呢。"

那样日复一日的"强化训练"能不得冠军吗！

她们每天天不亮就得起床，邀齐了一起上路，赶到霞洞村小学差不多要两个半小时，碰上雨雪天，不旷课也得迟到。如果村校撤了，她们非得半夜起床才能赶上六点半的校车。那是怎样一条艰难的山道啊，天光大亮行走且要全神贯注小心翼翼，倘若乌漆墨黑一脚踏虚……想到这里，凌云问涛涛："你说，咱们能有什么办法保住村校？"

涛涛茫然地摇了摇头。

百花争艳

受家里影响,事事替他人着想成了凌云的习惯。他必须有所行动,而机会是可以争取到的!当年老爸不也是靠勤劳的双手才争取到今天的成就吗?他决定为保住村校"争取"一番——离开学还早,他不能坐等学校被撤掉。

"要不,先去找夏老师!"他提议。

"夏老师也在争取调往镇上……"涛涛说,"找她没用。"

凌云不相信,村校的夏老师是"三连冠"的全县先进教师,而且昨天凌云还在村道上遇见了骑电瓶车的她,她情绪高涨得很!

"我也说不出什么原因,"涛涛说,"反正这消息假不了!你想想,离开学还早着呢,夏老师干吗比往年来得早?不正常啊!我估计,就为了上头要来办撤点的手续,她才早早来这儿等着!"

撤校要办什么手续?凌云还是不信。

涛涛说:"怎么不要?学校的财物要运下山,夏老师也得安排到山外的大学校去——在山旮旯里闷了六七年,立马要调去山下,她当然情绪高涨!"

经他这么一分析,凌云也觉得这消息有根有据了。

夜深人静,窗外虫吟蛙鸣此起彼伏,新拓宽的水泥村道并未影响它们开音乐会的情绪;太阳能路灯一盏接一盏,从村部文化广场的花圃和篮球场向两端延伸,愈远愈小,在大山的剪影深处亮起了一连串星星……

这些变化都发生在凌云进城的几年里。山村一切都欣欣向荣,唯有他们村校……凌云一宿没睡好。村校撤了,他的学习生活丝毫不会受影响,可从小接受的家庭教育使他不能不惦记那些因山道艰险上学有困难的同学。几年前精疲力竭的他被哥哥搀扶着走在傍岩险道的情景历历在目。

不行,他应该去向当村支书的爷爷反映。爷爷特别尊重有学问有本领的人,听爸说,那年乡上农技站的技术员老唐要调走,就是爷爷写了一封几百村民签名摁手印的"挽留"信,才让上级改变了主意。如果不是留住了老

百花争艳

唐,临近几个村的高山冷浸田就不可能在短短几年内被治理成稳产高产农田。爷爷常说乡村振兴需要大量人才,就连鼓动老爸回村发展,也是爷爷"引进人才"的一着棋。

夏老师同样是人才啊!只要爷爷出面准有办法挽留。不过,当村支书就得顾全大局,合并学校既然是学区的意图,冒冒失失去向爷爷求助未必会得到支持……还是先找现任班长涛涛碰个头,至少,他们得为保留村校找出充分理由。

凌云家跟涛涛家相距不到百米,两幢房子的差别却特别大。涛涛家保留了一座久经风雨的青砖小瓦老房子,外头是石砌台阶,里头还有天井,古老而结实,像个历史博物馆。而凌云家则是罗马柱、大阳台,进门两边摆满绿植盆栽,庭院里还到处栽培着花卉树木,洋气得很。当初建房,为了成为全村最显眼的"豪宅",凌云的爸妈可没少耗费心血。

"摆什么阔呢?"那会儿凌支书对儿子的"铺张浪

费"挺不满意,"住房呗,能住人就行。"

"我就是要给乡亲们树立一个'样板',好让大伙儿都走勤劳致富的路啊。"他爸解释。

果然,从那以后,村里外出务工致富的多了一倍,小洋楼也雨后春笋般冒了出来。

不过,自从这全村第一幢"欧式洋楼"落成后,来凌家串门儿的小伙伴反而少了。就连住在后山背的迎春跟廖立秋打门口路过时也不进屋。邀凌云外出玩耍,他们宁可站在路上扯着大嗓门儿喊凌云的名字。

凌云不高兴了:"干吗呢,我家又没喂大狼狗!"

迎春说:"进屋还得脱鞋换鞋,太麻烦了!"

可是没多久,迎春家也盖了"洋房"、铺了瓷砖,进门同样得脱鞋了。

这一来,固守旧式四合院的涛涛家反而成了大伙儿最乐意去的"会议中心"。

凌云三年没来他家,这里的一切却仍然保持原样。夹在五颜六色的洋楼群中间,灰墙黑顶反而成了最显眼的建

筑。迎春和立秋都在,敢情他们也为撤校的事担心?才不呢,这几位围绕的中心,是涛涛新买的一台平板电脑。

伙伴们的这种"麻木"使凌云很气愤。"喂,你们就不想保住村校?"他喊,"好歹也是咱们的母校啊!"

伙伴们愣愣地看着凌云。

"急啥呢,又不是没处上学,"迎春说,"镇上的中心小学比咱这个'母校'强一百倍!"

"夏老师白疼你们啦!涛涛,你这个班长简直不称职!"凌云急了,"迎春,你忘了夏老师深夜骑车送你去医院的事啦?还有你——立秋,你玩平衡车摔下石坎,要不是夏老师救助及时……"看他们脸上都有了些许愧色,凌云继续鼓动:"怎么说咱们也算得上村校的骨干,你们就忍心看着山上的同学摸黑走险路,你们就甘心看着母校'消失',去山下大学校做不起眼的'插班生'吗?"

"我们也想留住夏老师啊,"迎春委屈地说,"可留得住吗?我奶奶说,人家长成了'大闺女',该考虑成家了——刚才立秋也猜测夏老师是急着回城成家呢!"

第二章
山径崎岖

成家？那不就是找个人结婚吗？

凌云觉得迎春她奶奶的话抓住了事情的关键：准是夏老师急着回城成家，没人接任，学区才决定撤校的！就是说，只要他们在村里为夏老师找到一位"白马王子"，拴住夏老师的心，学校准能保住！

老师结婚的热闹场面和开学典礼上同学家长的笑脸——两件八竿子打不着的事竟然成了前因后果……凌云被自己想象出来的各种场景激动着。不过，光靠他一个人肯定不行，要实现这个目标，得把这几位动员起来发起一场"村校保卫战"——别小看了他们，他们几个都担任班干部，加起来就是全校最强骨干力量，只要齐心协力，没有实现不了的目标！对，他要发起一场"村校保卫战"！

凌云压低嗓门儿，把脑瓜里闪过的计划一股脑儿说了出来。

"我赞成——保住了村校要算一件了不起的功劳！"涛涛激情满满地举起双手。

"找我奶奶——她最会'说媒'了！"迎春自告奋

勇,"让她出面准成——从春天到现在,她就说成了三对儿喜事!"

凌云不同意找大人帮忙,既然是自己发起的"保卫战",就该充当主力,瞒过大人自己干!

统一了意见,几人掰着手指把待在村里没结婚的优秀青年查了个遍,最后落在外来勘测队员小王身上。戴眼镜的小王叔个子挺拔,浓眉大眼宽肩膀,胳膊上的肌肉疙瘩跟健美运动员似的。这样有技术有身材的"白马王子",夏老师能不中意吗?

"白马王子"有了着落。但"牵红线"这事儿只听大人说过,不晓得迎春她奶奶是怎样成功的。

"奶奶老说'说媒的领进门,成不成靠各人'。"迎春转述着她奶奶的经验之谈。

"对,咱们只要'介绍'他俩认识就行了。"凌云马上开窍了,"走,先找小王叔。"

几人跑出涛涛家,跟在凌云后面直奔井冲。

勘测队日日夜夜在井冲忙活。邱队长在郁郁葱葱的人工林钻进钻出,指挥着伙伴们用皮尺测量,沿皮尺插金属杆……戴眼镜的小王叔端着本子在记录着什么——"白马王子"就在眼前,可怎么开口呢?几个小学生面面相觑。

"牵红线"不是啥子高科技,没文化的老奶奶也能干得了,可是小不点儿的,跟大人说这种事毕竟有些难为情。

涛涛红着脸咬了咬牙,凌云就知道,为了保住村校,这位"大班长"顾不得那么多,要直截了当地做"介绍人"了!

那两位呢?凌云回头瞟一眼,迎春和立秋早溜得不见了踪影。

这种关键时刻掉链子的人,算什么战友!凌云恨得牙痒痒的。

涛涛已经大大咧咧可着嗓门朝林子里喊开了:"小王叔——!"

小王叔抬头看看,走了过来。"小朋友,啥事儿?"

百花争艳

他大声问。

"是这样,村校,就是我们学校,那个夏……夏老师……"刚才还斗志昂扬的涛涛忽然结巴起来。

凌云急中生智接过话头:"我们夏老师说,办公室的电脑坏了,好像是系统崩溃。"凌云瞎编了一个压根儿站不住脚的理由,"她说,非得请你去帮忙重装系统……"

没等小王从松林出来,涛涛突然掉过头,撒腿就跑。凌云愣怔片刻,只得跟在涛涛后面一顿猛跑。

"逃……逃啥呢?"在迎春他们两个躲藏的地方追上涛涛,凌云已经上气不接下气,"做贼似的!"

"这种事,挺……挺丢人的!"涛涛红着脸说,"要让人家知道我们小小年纪就给人'说媒'……"

"咱没'说媒'啊,只是叫小王叔去学校。"凌云极力为刚才的行为辩解,脸颊却明显感觉到一阵阵发热。

"足够了。"迎春老练地说,"我奶奶说的'说媒的领进门'就是这个意思,只要小王叔去了学校,'牵红线'的工程就完成了一大半。"

有道理。关键是小王叔会去吗?

"喂——有人来了!"立秋悄声报警。

几人一齐趴下,小王叔急匆匆地跑下山道朝凌云家方向去了。

"准是骑摩托车去了。"凌云判断,"我哥说勘测队住进我家时就是骑摩托车来的,他们上哪都骑摩托车。"

哈哈,这"一大半"工程有希望啦。

"走,抄近道去学校!"凌云下令。几人就在松林的掩护下向山梁进发。

"下一步该'察言观色',"迎春落在队尾叽叽喳喳地介绍奶奶的"保媒"经验,"要偷眼瞧,看看那两个人是不是有'意思'……"

"偷眼瞧"的蹲守地点,学校后面的山坡再好不过了!

松林里荆棘丛生,四个孩子可着劲儿蹚开没过头顶的灌木茅草,那些极富韧性的灌木枝条便猛劲儿弹回来往人脸上抽。火燎般的痒痛迫使凌云一再停下脚步,以致远远

百花争艳

落到了迎春后头。

早先满山遍野打"游击战",咋从没被茅草灌木欺负过?凌云才知道,在大城市生活的三年让他跟老家的小伙伴拉开了多大距离。

等凌云连滚带爬趴到伙伴们身边时,立秋已经扒拉开杂草,打造出了一个脸盆大小的"瞭望孔"。果然看到一辆鲜红的摩托车驶进学校,骑车的正是戴着黄色头盔的小王叔。

不用说,他跟夏老师会在房间说话。可是教师办公室的后窗安装了防蚊虫的绿纱窗,压根儿看不到里面的人。

这怎么"察言观色"啊?除非下到校舍后的檐沟里去偷听。

那更得小心,别弄出声响!

刚要行动,夏老师和小王叔一前一后走出了学校大门。隔那么远,不知他们都说了些啥,黄头盔就上了摩托车,沿着水泥公路驶向了井冲方向。

这说明了啥?三个男娃都瞪着眼睛等迎春判断。

"说明……不知道,"迎春说,"一句话没听清,谁知道俩人有'意思'没有?得等下回——奶奶说过,如果双方自己开始'约会'……"

那只有耐心等待了。

一天,两天……假设的好情况一直没有出现。接下来的侦察中,他们四个再没见小王叔的摩托车去过学校。

夏老师更没去凌云家或是井冲的工地上。

莫非……对,也许他俩已经互相加了微信,早在手机里"意思"上了。话虽这么说,"保媒"没了下文,凌云不愿干等——一切必须在暑假内完成。等到开学,撤校的事儿生米煮成熟饭,夏老师不想走也得离开村校啦。

真希望老师提前来校只是为准备开学……凌云仍心存侥幸。

"不可能!"涛涛说,"往年夏老师最多也就提前三五天。这次早到了两周,只能是为撤校来的。"

"第一战役"胜利的希望已经很渺茫了。他们的"保

第二章
山径崎岖

卫战"还继续下去吗？

当然不能被这样的事难住。凌云心存不甘，决定发起"第二战役"。

制定战术之前，有必要先去验证一下夏老师提前来校的真正目的。

凌云拽上涛涛。如果仅仅是夏老师的问题，他们两个就能说服她回心转意。那样一位关心爱护学生的好老师，面对优秀学生的意见，她不会置之不理！

可一到校门口，他俩又犹豫不决了。直接开口问吗？肯定不行。倘若夏老师舍不得离开学校，忽然热泪盈眶，他两个也会忍不住流眼泪，那场面太尴尬了；反过来呢，如果她笑逐颜开，对撤校的事儿非常乐意，他们又岂能受得了？

心上犯着嘀咕，两个男孩在校门口相互推搡，谁也没胆量走在前头。

得找个借口去见夏老师，让她主动开口！商量了一下，他们返身回家取了竹篮，顶着正午的烈日跑进涛涛

百花争艳

家的菜园,摘了满满一篮辣椒茄子长豆角,两人拿木棍抬着,沿田间小道走向学校。

涛涛说,如果夏老师挺乐意地收下这篮子菜,表明一切都是讹传。怕就怕她说:"唉呀,送这么多菜干啥,我马上要离校了……"

凌云不想瞎猜,立马就会有结果的事情,急有啥用?

两人一溜小跑抬着菜篮进了校园,在教室旁边的办公室里找到了夏老师。她正忙着收拾东西。

他们傻眼了。

"您真的……要走吗?"涛涛吞吞吐吐地问。

"我也不想走啊。"夏老师用包装带捆扎着一叠书籍,"可我的调令下来了——设施跟不上,不符合办学条件。不光咱们校,邻近三个村的教学点也一并撤销……"

"不对,咱校的'设施'是全新的啊,校舍、跑道、球场、篮球架、乒乓球台……都是新的啊!"涛涛急得直跺脚。

夏老师说了一大堆,什么没有网络、没有多媒体教室，学生缺少对现代科技和外界社会的认知，综合素质就得不到全面培养，还有……

原来，那些跟网络有关的"设施"才是重点？这一来，八成新的村校"赶不上时代"，只能让给村里办红茶厂了！

乘兴而来的两位"说客"败兴而归，迎春跟立秋已经在涛涛家石头台阶上等着了。

他们带回的消息让人泄气。立秋说不管啥子设施，无非得花钱。咱村里不缺钱啊，如果上头肯拨款，这根本不是问题。

"你说的恰恰是关键！"凌云说，"我早听爷爷讲过，这一年村里的积累大部分用在引水工程上，恢复果林茶园也花了不少，接着又要办水果加工厂和红茶厂……眼下根本顾及不了别的！"

"写缘——"立秋喊，"对！咱几个分头去'写缘簿、借福名'好不好？"

"啥？'写缘簿、借福名'是啥？"凌云糊涂了。

迎春和涛涛也瞪大眼睛望着立秋。

立秋说"借福名"是山村以前常用的一种互助形式，村里人不论哪家碰上麻烦事——不幸得了怪病大病或遭遇自然灾害塌了房子，当事人就会找村里德高望重的人当"福首"，用红纸做成几本"缘簿"，挨家挨户上门"借福名"——说白点儿，就是大伙帮忙凑钱，渡过难关。

"哦，我懂了，"凌云说，"你讲的这个跟现在网络上的社交筹款平台功能相差无几。不过，网络平台筹款属于线上渠道，你那'借福名'是线下民间筹款——可以啊！'村校保卫战'的'第二战役'就从'借福名'突破！"

廖立秋的爷爷就是村里出了名的"福首"。他读过很多书，能说会道，写得一手好毛笔字，又乐于助人，村里有红白喜事都找他当"书办"，撰写对联、请柬和各种文书。谁家有困难请他出面"借福名"，廖老爷子更是义不容辞。

不过，小学生们谁也没看见过"借福名"这个事儿。

等他们懂事，山村里很多人都靠现代种植业、养殖业或是劳务输出富裕起来，大小病痛又有医保撑腰，用不着再去麻烦左邻右舍，"借福名"的互助传统在山村早成了"历史"。

这一回为解决村校的燃眉之急，大伙儿肯定会乐意伸出援手的！他们几个当然没有资格做"福首"，还得向廖爷爷求助。

立秋却不肯出面去找爷爷。他说老爷子发过誓，说永远都不会再做"福首"。

为啥？

立秋说都怪村里一个叫刘小山的人坏了规矩。这人在医院查出了癌症，他妻子三番五次找"福首"帮忙出"缘簿"，廖爷爷起初不同意，因为刘小山向来懒惰，又好赌博。小山的妻子说，刘小山被村支书逮着教育过几回，早痛改前非，这回真的是绝病缠身……说着说着哭了起来。

廖爷爷想救人要紧，就帮刘小山出了几本"缘簿"，发动了几位德高望重的老人为他向全村"借福"，总共筹集了好几万元。他们把钱款和写满"福名"的"缘簿"送

到刘小山家，不料两天后传出消息：刘小山根本没上医院去治病，而是偷偷去了邻村的"地下"赌场，出手阔绰豪气……

廖爷爷感觉自己帮那死不悔改的赌棍蒙骗了全村人，从此，再也不好意思替人家张罗"借福名"的事儿了。

没想到，两个月之后刘小山突然死了，全村人才相信那家伙的确得了绝症。

"这说明你爷爷没错啊，"涛涛喊，"错就错在那个赌钱不顾命的刘小山！"

"爷爷当然没错，"廖立秋说，"不过，他说过的话就是木板上钉钉，不会为咱们这点小事改变主意的。"

"怎么是小事呢？"凌云急了，"事关学校前途啊，先前村头的标语上都写过'再穷不能穷教育'，你爷爷不会袖手旁观的！"

"可不是嘛。"迎春在一旁帮腔，"再说那人死多少年了，这些陈芝麻烂谷子的事，你爷爷早忘了。"

"'说媒'咱都干了，要不，这事儿也由我们自己干吧！"涛涛建议，"立秋，你见过你爷爷做'缘簿'，这个准备工作交给你完成。然后咱们分两组上门'借福名'。"

廖立秋欣然接受任务。他们到村头商店买来红纸，回到涛涛家就按立秋的指点把红纸裁成长条，来回对折叠成扇形的"册页"，推举毛笔字写得最规整的凌云给每一本"缘簿"写上封面。

所谓封面只有四个字：福星高照。但这词儿多少透着点儿传统色彩，用来为多媒体教室筹款合适吗？凌云提着的毛笔好一阵落不下去。

"哪有那么多讲究？你直接写'支援村校'得了。"迎春催促。

"像话吗？"涛涛不同意，"这不能太直白，得有点儿文化味儿，又要让人家一看就懂……"

几人正在挖空心思想封面上写什么字，凌爷爷走了进来。

百花争艳

"到处找不着你,原来躲在这儿开小会。哟——"凌爷爷拿过孙子手里的"缘簿"翻了翻,忍不住哈哈大笑,"多少年没见过这玩意儿了,你们这是要搞么哩(方言:干什么的意思)?"

没等凌云回答,迎春叽叽喳喳把他们"村校保卫战"的计划全盘抖搂出来。

"小毛孩子,还'保卫战'呢!"凌爷爷将几本"缘簿"往手里一卷说,"别瞎折腾啦!这事儿交给我——云儿快回家,剃头匠上门了,这会儿正给你哥哥剃——你那头乱糟糟茅草似的,也该拾掇拾掇了!"

有门儿啦!既然爷爷这么说,他准会亲自去当"福首"为村校筹集"善款"。凌云赶紧追了出去,涛涛挥了挥手,几人也跟在了爷孙俩的后面。

嘴上说得挺有把握,把孙儿交给剃头师傅后,爷爷却不慌不忙地用柴刀削起了锄头把,削完,又拿过刨铁反复刮刨,简直没完没了。

被剃头匠摁住推头发的凌云急得要命。剃完头刮了汗毛,他急忙溜到院坪里。伙伴们还坐在花圃边上等消息。

"你爷爷说话顶算数的啊,今儿个咋没行动?"迎春满脸不高兴。

凌云说:"再等等,没准儿他会给咱们一个惊喜……"

正说着,窗口传出爷爷的大嗓门:"……对,我说的就是霞洞村小学……到底是咋回事啊?"

有戏了!老爷子在为他们学校的事向"上头"打电话啦。"上头"不是镇长就是县委,要不就是县教育局,反正小不了!凭凌爷爷多年村干部的老资格,上级领导兴许会改变撤校的主意!

"……嗯嗯,好好好。"

三个"好"字代表的当然是希望!

爷爷刚挂断电话,凌云就冲进房间蹦到他面前:"怎么回事?"

"不行。"爷爷不绕弯儿,"打听清楚了,上面说生源不足、学生太少,增添现代教学设备不现实,只能让几所村校全合并到山下中心小学去。"说着,爷爷戴上草

帽,拎着刚装上木柄的新板锄出了院门。

学生太少?这问题倒被凌云忽略了。"喂,咱们学校现在到底有多少同学?"凌云问迎春。

"上学期放假时还剩二十三个,"她说,"等到开学,连你在内,应该是二十四个……"

二十四个!这情况大大超出了凌云的意料。

"早告诉我,咱就不用这么白忙活了!"凌云抱怨,"按这种情况,就算夏老师再坚守,就算多媒体教室资金再不成问题,咱们村校同样保不住!"

几人垂头丧气都不吭声了。

凌云去城里前学校还有四十多名同学,后来村里又新生了那么多小娃娃,学生怎么反而锐减掉近一半了呢?

涛涛说:"有啥奇怪的?你爸在外头干得好,收入高,大伙也跟着学样进城了呗。后来,家里条件好点的都把小孩带到外面去,就连到乡镇企业干活的也把小孩送到山下去读了。"

完了,"村校保卫战"彻底失败,败在这样一个无法克服的因素上！无论他们几个怎样挽留老师，怎样改变教学设施，生源不足依然客观存在。

除非——除非来个"第三战役"，挨家挨户去动员同学们返回村校……别、别做美梦啦，好些进了城的暑假都不回村。就算他们回来了，父母不在乡下，他们能安心到村校上学吗？

幸好"借福名"刚开头就被爷爷刹住了车，不然，挨家挨户去退钱都是个大麻烦！

凌云像晒蔫了的丝瓜藤，软耷耷地趴在书桌上。

"哟，大学霸也碰上解不了的难题了？"从田间回来的凌霄逗他。

凌云翻过身去不理睬哥哥。凌霄倒不生气，到冷水龙头下冲过澡、换了衣，就霸占了大半边桌子开始做功课。自从勘测队的小王叔帮他制定了奋斗目标和学习计划，他的上进劲头空前高涨，读书的发狠劲儿让爸妈都感到吃惊。

百花争艳

凌云今天却没心思写作业。"村校保卫战"失败，意味着山上的同学就得冒着危险，两头摸黑行走在崎岖的山道上！他想吹响萨克斯发泄一通，刚拿上手，又担心影响哥哥学习，只得待在那儿生闷气。

热衷于"传统农耕"的凌霄对弟弟的洋乐器丝毫提不起兴趣，他最乐于炫耀的除了新掌握的农技，就是那一身结结实实的肌肉。"瞧，这才像男子汉呢。"凌霄常常撩起黝黑的粗胳膊，把弟弟白净细嫩的皮肤反衬得黯然失色。

这会儿凌霄早从爷爷那儿听说了撤村校的事，知道弟弟在为这个闹情绪。于是他从作业本上抬起头来："撤就撤呗，跟我一样步行上学，一个学期后，你的脚杆子也能强壮起来！"

"你以为我是因为怕走路？我们几个……"凌云忽然止住了话头。这个在他们看来"了不起的功劳"泡了汤，说出来只会招来哥哥的嘲笑。

晚饭后，他独个儿出了家门。

第二章
山径崎岖

晚霞满天,村头的大枫树上栖满了聒噪不休的白老仙(白鹭),一团团雪白的羽毛在浓绿的树叶中显得格外耀眼。它们扑腾着翅膀发出噗噗噗噗的声音,骤地腾空而起随即又赶紧落下,在大树冠上飞来跃去,仿佛在找寻一个适合过夜的"床位"。

白老仙,脚尖尖;
挑担水,过江边;
江边捡个水鸭蛋……

一群小家伙在铁匠铺的前坪上唱着童谣跳橡皮筋,时而有一两位被大人的呼叫声喊回家。玩耍的孩童越来越少,天色渐渐暗了下来。

在村街上兜了一圈,凌云觉得挺无聊,返回家里拎出了萨克斯。

凌云来到村里的文化广场上吹奏萨克斯。涛涛领着村

娃们和着乐曲扯起大嗓门唱歌,凌云幻想将来为学校升旗奏乐的威武雄壮,来安抚心头那份失落。

时间过得飞快,凌云又有了新的打算。他要接受哥哥的挑战,步行上学,好把在城里丢失掉的脚劲儿"找补"回来,也为校车减少一点"负担"——横穿神仙谷,翻山脊抄近路去翠屏乡,不就是三公里山道吗,有啥了不得的?

这打算跟同学们一说,涛涛和立秋立即赞成。涛涛还说这条只有三公里的上学路不过瘾,要不咱们练速度,没准儿能练成飞毛腿,将来去奥运会的田径赛上拿个金牌啥的。

只有迎春不乐意。"下大雨怎么办?"她想得挺周到。

"愿意当运动健将的跟我们一起走,不愿走路的搭校车好了,"凌云说,"除了下大雨,我们决不给校车添麻烦。"

第二章
山径崎岖

迎春这才没话说了。但瞧她那模样,凌云总觉得她巴不得开学之后天天下大雨!

他们把"徒步上学"命名为"飞毛腿"行动。这行动虽然比不上"村校保卫战"那么刺激,但毕竟不同凡响。男孩子们很容易从沮丧中走出,开始为"飞毛腿"行动做准备了。

清点装备,他们各自找齐了水壶、饭盒、水靴、雨伞……秋冬季节放学抄小道难免要摸夜路,得不到太阳能路灯关照的山路上,凌云提议装备一件连乡下都变得稀罕了的东西——手电筒。

涛涛从他爸的抽屉里翻出一个银色的三节长电筒,拧开底盖,里面冒出一股怪怪的臭味。三节大号的干电池已经腐烂成了一团不干不湿的绿泥,电筒早锈透了。

"还是托我爷爷网购好了。"凌云说,"最好是城市环卫工用的那种充电的,戴在头上光线会随着脑袋转动,比手持电筒方便多了。"

"还能对付猛兽!"想着山道上可能遭遇的惊险,立

秋有些害怕。

"还猛兽呢，"涛涛不屑地说，"咱们这山里最多能遭遇上鼬獾、野兔、黄鼠狼什么的。"

"不信？透露一个机密情报吧！"立秋悄声说，"昨天我哥才从护林站回来，说装在密林里的'秘镜之眼'拍摄到了捕杀野猪的红豺……"

"对，我哥给勘测队带路时也发现了野猪，"凌云说，"还有黄麂。"

"哇，这些野兽都回归了，金钱豹和华南虎怕也要出现。"涛涛有意吓唬迎春，"咱们上学就不仅能锻炼飞毛腿，还能提升勇气，增长见识！"

"那我怎么办？"迎春果然紧张起来。

"你怕啥？"涛涛说，"有你那大嗓门儿，再弄些黄绸子扎在头上，整成一树'迎春花'，再凶猛的野兽都能吓跑！"

玩笑归玩笑，这强光电筒是非准备不可了。凌云说包在他身上，只要爷爷听说他自愿像哥哥那样利用步行上学来锻炼,绝对全力支持——爷爷最瞧不起娇生惯养的"软娃娃"。

离开学还有十多天,没事可干,他们该讨论玩些什么项目了。

娱乐的项目开发了不少。接下来的日子,凌云跟着小伙伴们,在近村的山林里瞎折腾开了,他们打游击、抓"特务"、探寻野兔踪迹,还下水捞虾、上山摘金樱子,一天到黑忙得不亦乐乎。

第三章　铁皮石斛

第三章
铁皮石斛

相比家在护林站的"五朵金花",铁皮去霞洞村小上学的路程还算近的。他家住在神仙谷,从小铁皮就爱缠着爷爷要上山找神仙,传说中的神仙没找着,山花草药倒见识了不少。

母亲病逝后,在深圳打工的父亲把铁皮接到城里去了。

关于他在城市学校的状况,刚回村的凌云最清楚。他向伙伴透露了一个秘密:两年前跟父亲进城后铁皮压根儿就没好好学习过,上学期更是瞒着他爹给自己请过好几次

病假……

"瞒着家里人请假——他要干啥?"涛涛急着问,作为一起长大的小伙伴,他不能不替铁皮担心。

"打游戏啊,"凌云说,"那家伙,进城第一年就彻底被手机游戏迷疯了!他爹忙着干活,根本没时间管;我跟他不在一个学校,虽有彼此的电话号码,可他从不跟我联系,我打给他也不接。就这些情况,还是我们班跟他同一个小区的同学透露的。"

"不行,非得把他'争取'回来!"涛涛说,"要不同学里头出现了新文盲,咱们也没脸面!"

"对,先向他爹告状!"立秋从村里发的电话号码簿里翻到了铁皮他爹石坚强的电话,拨过去却是空号……

小伙伴们为他着急之际,远在千里之外的铁皮正忙得不可开交——此刻,他肩上扛着沉重的加特林重机枪在没命地奔窜。

每次行动都是他当头领,是头领就得指挥兼断后。他

第三章
铁皮石斛

总能灵敏地用两个大拇指控制角色扭动身躯，利用游蛇走位吸引敌方火力，协助同伴脱离险境。

唯独今天这场夜战……

沿线埋伏的敌方狙击手超出了他的预判。等他瞥见弯道后探出枝叶掩饰的钢盔，跑在最前面的队友已经冲上了山坡。

前进与后退同样危险！他当然选择前进。"闯过去！"铁皮用语音指挥着队友，自己快速让角色跑向相反的方向。这是为了吸引敌人火力。

嗒嗒嗒嗒！密集的扫射声响成一片，子弹尖啸着从头顶掠过，铁皮紧咬牙关滑动手指，操纵着角色呈"S"形路线蹚过河边的浅水钻进草丛，紧跟前面几个时隐时现的朦胧灰影——那是在他掩护下逃窜的队友。

有一个枪口对准了他——快趴下！然而来不及了，砰！好像脑瓜被重重撞了一下，手机屏幕骤然定格，随之整个画面瞬间失色、变暗。

一场"必胜局"竟然以他这位头领的倒下而宣告

百花争艳

失败!

铁皮惋惜地摇摇头。没啥,重新开局,他就不信……

砰!卧室的门发出爆响,猛然被推开。门不是反锁了吗?抬头看看,铁皮有些恍惚,那熟悉的咆哮将他拉回现实——他被满面怒容的老爸甩了个趔趄,重重地撞在床沿上。

老家青云山中盛产一种名贵药材:铁皮石斛。对了,他这小名就是按这个取的。

铁皮的爷爷年轻时,在生产队出工之余就攀藤附葛采石斛补贴家用,做了爷爷后又在村里的中草药人工种植基地当技术指导。见孙儿三四岁一张圆脸就晒得黑里透红,老爷子说:"嚛,这小子蛮结霸(方言:结实的意思),都长成一棵铁皮石斛了!"就把他喊成了"铁皮"。他爸一乐,对啊,这山里的植物还有什么比得过石缝中顽强生存的石斛呢!他干脆依着青云山给孩子取"花名"的习俗,把儿子的大名"石屏"改成了"石斛"。

第三章
铁皮石斛

野生石斛生长在高山背阴处的陡崖岩石上,早先采药人就凭绳索和攀崖技术上去采挖。有一回,爷爷收养了一只从猎人手里逃出的猴子,那猴子背上伤了一大片,仍然十分乖巧伶俐。爷爷带着它上山采了两回石斛,第三次它就懂得自己攀崖寻找了。

带着个机灵的小猴子在云遮雾罩的山崖上往返飘荡,那简直潇洒得跟腾云驾雾的仙人一样了!听爸爸讲述爷爷当年的故事,铁皮十分神往。老爸说:"你当那是玩游戏吗?跟山崖打交道半点也马虎不得,一脚踏虚就要出大事的!还有,采了铁皮石斛还得复苗,否则,一次采尽就再也找不到了。"

"啥叫复苗?"铁皮问。

他爸也说不太清楚,大约是将根茎采下再留下几节放置原处,用肥泥仔仔细细掩盖好吧,反正得让那"仙草"活下去,生生不息。

铁皮没兴趣研究复苗,对那只小猴子倒喜欢得不得了。要是他身边也养着一只……他爸说:"你想得美!私

百花争艳

自养猴子是违法的！你爷爷为那猴子治好伤后，立即送到护林站，放回邻省深山老林去了。"

"太可惜了，"铁皮直摇头，"爷爷少了个采药的助手。"

"什么呀，其实那家伙根本就算不上助手，你爷爷说它尽帮倒忙。起初，小猴子找到了石斛苗就大喊大叫让主人来采摘。见人挖的次数多了，它自己也动手挖，不论大小老嫩，见了就抠，也不懂得复苗……"

其实铁皮也晓得老爸讲的都是几十年前的事。现在崖壁上的野生石斛被列入了《国家重点保护野生植物名录》，不允许随意采挖。爷爷他们的药材基地利用低矮崖壁人工培植铁皮石斛大获成功后，再没人去高崖上冒险了。

他十一岁生日那天，爷爷特地从手机微信里发来了铁皮石斛开花的照片，那花儿有黄的，有白里透紫的，比寻常的兰花还漂亮。

铁皮自小就会爬树游泳，在村校读到三年级时，夏老

第三章
铁皮石斛

师见他健壮结实,希望他成为"体育尖子",将来有机会到全镇学生运动会上露一手。可是刚被选入学校田径队,老爸就带他进了城。

一身黝黑皮肤下一疙瘩一疙瘩的腱子肉,成了铁皮在小伙伴面前卖弄的本钱。他时常吹嘘,说自己的肤色全是拜去东南亚旅游所赐。

肤色不假,确实是日光给的,但跟热带海滩没有半毛钱关系。离开乡村进入城市的男孩多半会变得白白净净,铁皮却没变一点——他帮老爸干活,顺便就晒日光浴了。

兴许是祖传基因起了作用吧,他爸石坚强最擅长的也是攀爬,进了城就给人挂灯箱、装招牌以及制作安装大型铁皮字广告。老爸一半工作在高楼外侧拽着绳索飞墙走壁,跟电影里的蜘蛛侠似的。另一半工作却没那么潇洒,那是给商铺门头安装发光字——没本领做"蜘蛛侠"的铁皮只能在老爸不潇洒的工作里做帮手,实在可惜。

不过,铁皮自有另类的潇洒——赚了老爸给的"奖金",他可以在游戏中潇洒。就为那个终极目标,他乐

百花争艳

意帮老爸干活儿，趁双休和节假日充当老爸的"全自动支撑架"。

到工厂或商铺门头上安装招牌，有儿子帮着撑扶，老石就免去了绑拉线、撑支架的麻烦，很快就能将大字焊接到固定的铁支架上，安装效率大大提升。

老石自然不会亏待儿子，"按劳付酬"，给铁皮的奖金少则几十，多则上百。这些钱老爸给他存进学校使用的银行卡中，却不知一转手就被儿子换成了游戏皮肤、装备……只要能保住在手游中无往不胜的战斗力，自己吃苦耐劳也值得。铁皮巴不得天天跟着老爸干活儿。

逃学毕竟行不通，连续"上班"的愿望直到"五一"小长假才实现。一连三天都有大把收入，铁皮在自己率领的游戏"战团"里显露出几分财大气粗的神气。只不过他仍然得到晚上十点以后才能进入"战斗"。没办法，玩游戏他必须瞒过老爸。

游戏中的级别和荣誉如同精神驱动力，铁皮干活儿劲头十足。当电焊枪开始吱吱地喷溅火花，两三米高的铁皮

第三章
铁皮石斛

字的"生杀大权"就全掌握在他手里——字体正不正、倾斜度准不准,全靠他扶得稳当不稳当。

这活儿比站军姿还吃力,老这么"前弓后箭"地坚持着,铁皮必须强忍着手臂的酸胀。此刻他会把自己想象成枪战游戏里一名擎着盾牌勇猛前进的斗士,正在忍受枪林弹雨的击打——只要挺过敌方机枪的扫射,他就胜利了。

老爸手里的焊枪持续冒出一连串火花,大字就被几处焊点固定下。最艰难的时刻挺过了,铁皮顿觉浑身轻松。下一步是烧焊。为了不让那些字左右挪位,他还得在大字掩护下避开火辣辣的烈日头,一边稳住被"烧"的笔画,一边扭动身躯躲开焊枪飞溅的火星。

其实,这大半是他设想的"惊险",流萤似的火星还没沾上身就消散了,根本伤不着他一根毫毛。铁皮倒希望它们沾上皮肉,在他的深色皮肤上灼出千疮百孔,让他神气得像战场撤下的伤兵。

然而没有。他仍然是一株完美无缺的"铁皮石斛"。这种跟游戏中的虚拟战斗同样有惊无险的工作很对他的胃

百花争艳

口,还能赚到买皮肤和装备的钞票,何乐不为呢!

"五一"假期一晃就成了过去。下一个周末又盼来了。下午,他拿老爸当假想敌,正在"弹雨"中腾挪闪躲之际,街口出现了三个熟悉的身影。那不是同学,是同一小区院子里的三个铁哥们。根据他们蹦跳追逐的轨迹,铁皮判断这几位是冲着他这边来的。

虽然不在同一个学校念书,但为了不让他"新马泰旅游"的吹牛穿帮,这类体力劳动最好别让他们逮着现场。

铁皮急中生智:"爸,我……有道作业题太难了,得去找同学问方法。"

"快去!功课才是你的正经事。"老石对儿子的学习挺看重的。

得到批准的铁皮飞奔下楼道,在街口拦截住铁哥们,揽着他们朝江湾游泳馆走去。

跳进泳池,铁皮将两条腿踢出水面,双臂以一种别扭

第三章
铁皮石斛

的姿势挥扬着,泅向对岸。"嗨,'铁皮石斛',你这啥姿势啊?"跟在后面的那位在水里比画。

"从泰国学来的,"铁皮扯谎不带停顿,"没见过吧!"

"既不是狗刨也不像蛙泳……"

"当然不是,'萨哇迪卡泳'会的人没几个!"铁皮胡诌。其实这是在乡下跟小伙伴下池塘逮鱼时瞎摸索出来的。村娃们自创的泳姿在浅水中既省力又游得快,就是动作难看一点。不过经他一吹嘘,几个参加过正规游泳训练的男娃倒不好意思嘲笑他了。

铁皮最受不住轻蔑的嘲笑,尤其不愿让城里孩子笑他。

其实乡下孩子未必就低人一等。像与他同村的凌云——人家进城不出两年,那名气都在同乡的打工一族中传开了:学霸啊,到了城市还能在学习上保持遥遥领先,真替乡下孩子挣足了面子!

铁皮羡慕得一塌糊涂,却又暗自庆幸自己没有跟凌云在同一所学校上学,否则的话,他将无地自容。他也想发

奋,可是刚进城就被老爸给他买的新手机迷住了,被游戏耽误了学习,成绩一落千丈,不是说赶就能赶上来的。

因此,他只得另辟蹊径,从别的方面替乡下娃儿挣"面子"。

憨厚的老石一直为儿子跟他一样吃苦耐劳而自豪。可不是嘛,铁皮每天按时上下学,从不迟到、旷课,帮他干那么多活儿也没落下过作业……令老石不解的是老师对儿子的学习成绩一直不满意,电话里总要问石斛是不是经常外出。

"没有哇,"老石说,"这孩子从不乱跑,一回家就把自己关在房间里读书写作业……"

"那他是不是承担了过多的家务?"老师问。

"家务也不多……"老石犯糊涂了。他们父子每天吃饭刷碗也就十多分钟;洗澡后把衣服扔进洗衣机摁下启动键算不上家务负担吧;儿子帮他上工干活也只利用节假日,而且总是交代他完成作业才去帮忙,从没占用过儿子的学习时间。

老师把铁皮新近的作业和试卷从微信上发了过来。

望着一连串红叉叉和潦草得难以辨认的笔迹,老石傻眼了。他没念过多少书,上大学的希望全寄托在铁皮身上!像铁皮这么爱劳动的孩子哪会成绩不好呢,准是自己领着干活耽搁了儿子的学习。

从此,节假日老石再不让儿子跟着他上工了。见铁皮成天待在出租屋里用功,老石就放心,就觉得生活有了奔头。

这天吃过晚饭,回到屋里的铁皮抢在老爸前头洗完澡,衣服往洗衣机里一扔就钻进了自己的房间,反锁上了房门。

家里没外人,做功课锁什么门呢?老石留了个心眼儿。于是第二天他趁儿子不在家,将门锁的反锁舌卸下,又把内保险旋钮安装还原才出门干活。

当晚,铁皮照例进屋反锁了房门。老石洗澡后收拾完脏衣服,撞开门进了儿子的房间——铁皮双手紧握手机正

在埋头玩游戏!

　　……被老爸的咆哮唤回现实,男孩反而满不在乎了。对,老爸从未这样凶过他。可毕竟是亲爸啊,还能把他怎样?何况有惊无险的游戏经历,使他早练就了不在乎一切的"豪迈"。

　　然而,当被父亲脸上气到扭曲变形的五官再次"唤醒",铁皮也不能淡定了。

　　"爸——"他开始求饶,"我再也不……不,我保证好好读书!"

　　"不读书也行啊,"老爸的语调前所未有地冷酷,"跟我干活去!"

　　自从妻子病逝后,儿子就成了老石的命根子。他把铁皮接进城里读书,生怕他受一丁点儿委屈。他也曾担心玩手机会影响孩子学习,有一次他还没收过铁皮的手机。可是在这偌大的城市,儿子又没个玩伴,功课之余玩会儿游戏也不为过吧。再说没手机保持联系,当爹的总不安心。

第三章 铁皮石斛

于是他勒令儿子写了一纸保证书,事情便不了了之。

可是今天——就在刚才打开门的那一瞬间,老石的胡茬一根根支棱起来。见儿子盯着墙上的母亲遗像吧嗒吧嗒掉眼泪,他叹了口气,扬起的大巴掌又抽不下去了。

转眼到了暑假。

老石对儿子的保证不敢存太大希望——与其让兔崽子沉迷游戏,倒不如带去干活,做"活支架"!有铁皮帮忙,一连好几天父子俩早早就收了工,老石还说超前完成了工作计划。明白了自己的价值,铁皮觉得有资格跟老爸讨价还价了。

"要不,下学期我真不念书了?"他嬉皮笑脸,"专门给你当助手。"

"不行!"老爸急了,"想干活,等你赶上罗工再说。"

"罗工了不起吗?"铁皮不服。

老爸这话铁皮不爱听,他尤其不喜欢干瘦苍白,还总不爱搭理人的罗工。可是老爸常常打发他上广告店去取图

纸、拿面板（雕刻好的发光字材料），免不了让他遭遇那位电脑高手的冷落。

"罗工是真正的能人，"老爸在制作工棚里把图纸上分散的笔画沿线条剪开，"我干七天，赚的工钱还顶不上他一天！"

这话不假。罗工每周待在店里不过两天，尽在外头揽活儿干，但他趴在电脑前做一天，足够老石干一星期。铁皮不乐意听老爸吹捧罗工，他接过剪下来的笔画拼铺到大铁板上："那你干吗不自己设计？"

"说得轻巧，那是人人都能干得了的吗？人家在大学里专攻设计。"老爸用喷水壶浇湿铺满整张铁板的横、撇、竖、捺、钩，点燃氧割枪，将枪口的蓝色火焰调试成毛笔尖的形状。

老爸在切割下来的笔画边缘焊起一道立边，就忙着打磨、喷漆、装灯管、布电线……经过一系列工序，大字招牌就镶上了透光面板和亮闪闪的金色包边，一到夜间闪耀着炫目的光彩，成了城市绚烂灯海中的一朵朵浪花。

第三章
铁皮石斛

老爸不干,这些字能亮起来吗?罗工不就是趴在电脑前扒拉扒拉键盘,有啥了不起的?愣瞪着老爸忙活的铁皮满肚子不服。

这些日子老石吃饭和干活总有些走神。"凌云跟他爸妈回老家了。"他对儿子说,"他们准备回乡创业……"

"那咱们也回?"

"可是我答应过你妈……"老石有些伤感,"你妈临走前嘱咐我一定要照顾好你,咱们老家跟大城市不能比啊。"

铁皮想说什么,见老爸一脸凝重,话到嘴边又咽了下去。老爸拉扯他不容易,他不能尽惹老爸伤心。

那天吃过早餐,铁皮跑到郊外河洲上折来柳条,把自己装扮得像一个庄稼地里赶乌鸦的稻草人,坐上了老爸的小货车。这样既躲过了铁哥们的眼睛,又能遮挡城市上空过于炙热的辣日头。

百花争艳

今天安装铁皮字的楼顶在商业步行街的西北角,上午基本上晒不到太阳,铁皮取下柳条帽又脱下了鞋袜,赤脚踩上凉凉的楼面,舒服极了。

吱、吱——吱吱!随着焊枪闪烁的蓝光,一缕缕裹着烧焦味的白烟升腾而起。铁皮擎紧手中的"盾牌",扭头躲过呛鼻的浓烟,却疏忽了掉落在水泥楼面的铁星星,赤脚踩上一颗比芝麻还小的烫铁,铁皮惊叫一声撒手跳开,高大的铁皮字如醉汉般朝一边歪斜。

扔下电焊枪扶住大字的老爸没有责骂,只朝儿子努了努嘴。铁皮才意识到自己违反安全操作规章了。他穿上鞋,重新投入"战斗"。

阴凉处干活儿进展快很多,老爸说要不是繁体字笔画复杂,他们两小时就能弄完。

中午收工时,铁皮坐在小货车里昂头看上午的杰作,这些繁体字他大半都不认识。干吗难为人呢,招牌本要让人看懂看明白的,罗工偏要弄繁体。他在心里抱怨着罗工。制作麻烦又费材料就不用说了,还让人家认不出来。

第三章
铁皮石斛

瞧瞧，街对面的"大王毛巾""丁一牙科"……那招牌多好，"王"字只有八个支脚铁片，最简单的"一"字三个脚就成，他看老爸做过的。

要是让他来设计，做招牌光用笔画少的字，天一、夫一、一上、一下……可以组出多少与众不同的店铺名字！

下午的太阳凶起来了，铁皮磨磨蹭蹭爬上六楼，一推开铁门就感觉到了迎面扑来的滚烫气流，整个楼顶全暴露在白晃晃的烈日下，沥青楼面蒸腾着一股股颤动的热气。

上火焰山的孙悟空一定是这样的感觉。铁皮站在门口久久不愿踏出楼顶，可老爸已经在太阳底下举起焊枪开工了。

"干吗？赶紧过来。"老爸在楼顶外沿喊。

铁皮跨上楼顶，立马感觉鞋底被楼面烫得发软，仿佛闻到了一股胶臭味。最令他沮丧的是上午精心编织的柳条帽此时已经变成了"钢丝帽"——繁密细长的柳叶全被晒得打卷脱落啦。

第三章
铁皮石斛

他戴上帆布手套,扶过老爸手里那个偌大的"醫"字,一看到底板上密密麻麻的铁片支脚,他心里就直发毛。装完这最后一个字得花费多大功夫啊。

他真想把它随手一扔,摔个稀巴烂。不能怨字,要怪就得怪罗工……

等老爸固定完几处位置,铁皮迫不及待地躲进大字阴影。他把手举过头顶撑在大字半腰上,垂下脑袋,任由额头上的汗珠扑簌簌地往下淌,哧、哧……下雨般摔落在楼面的汗珠如溅入热锅的水滴,哧啦一下便蒸发得无影无踪。

趁着老爸歇乏的当儿,铁皮飞也似的跑进楼道,冲进卫生间,拧开水龙头让凉水劈头而下浇个透心凉。近边的楼房他跟老爸几乎都跑遍了,他清楚地记得所有楼层卫生间的位置,每次出门干活儿都会偷闲跑进里面"急速降温",然后再雄赳赳地走进白晃晃的阳光下。

只不过,湿漉漉的一身要不了多久就干透了。老爸总免不了要唠叨几句,说这样一冷一热容易整出病来。

百花争艳

　　管他呢，反正这会儿挺凉快的。再说病是啥滋味他还没尝过呢。铁皮自打记事起就没闹过病，他想偶尔病一下子或许很好玩，至少可以光明正大地请病假。

　　"太热了，晚上再开工吧。"他建议。

　　"不行。"老爸说，"这活儿不能贪图凉爽，用电用火尤其要小心。再说，灯光下焊接不牢，遇上刮台风，大字坠落砸了车伤了人可不是闹着玩儿的！"

　　老爸干啥都讲究规矩。按店里的规定，他安装招牌广告非赶在晴天白日不可。

　　望着阳光下全身汗湿的老爸，铁皮这会儿非常庆幸手上撑扶的是繁体字——如果是个"一"字，那自己不是会被晒成上下黑中间白的"奥利奥"吗！

　　想象着"一"字遮挡的阳光只能在肚皮上留下"白腰带"，铁皮又觉得繁体字好了，能遮挡滚烫灼人的烈日头。忽然，他瞅着衣服上的斑驳光线愣住了——影映在胸口上的形状，分明是关公爷手里那把"青龙偃月刀"！

第三章
铁皮石斛

他腾出右手撩卷起上衣,这么大的太阳,用不了多久肚皮上准会"烙下"一把"神刀"。他又能对伙伴们大吹一通啦。

不过直到老爸收工,铁皮的肚皮才开始泛红,他惋惜不已,这把神刀晒不成了。只得期望明天碰个更奇怪的繁体字,最好能在肚子上晒出架战斗机或外星飞碟啥的,那才过瘾呢。

小货车开出步行街,汇入大马路上拥挤的车流。

在离租住小区不远的广告店门口停稳车子,一进门老爸就把刚从客户那儿收来的几叠钞票全交给老板,清点完后老板只抽出几张递给老爸。看来酬劳果然不能跟人家比,老爸能不逼他以罗工为榜样吗?

老爸吩咐铁皮在店里等发光字面板,自己开着小货车为老板拖运材料去了。

铁皮呆坐在门边的椅子上,远远地看在电脑前忙活的罗工。他看到罗工右手迅速滑动鼠标,左手把键盘敲得

百花争艳

吧嗒响,神气得像一个引领千军万马的将军。满屏幕的长短笔画在他的指挥下就像叠俄罗斯方块般调动、编排;接着,零散的文字似有生命的游鱼迅速集合成一个四方体;四方体开始闪现,变换着各种颜色……

简直跟玩游戏一样!他忍不住走近前去。

罗工像没见着他似的。铁皮不理会,直盯住电脑屏幕上不断变换色彩的文字。自己玩过的游戏不下百款,还有好几款是英文版的,罗工的这个电脑设计能有多深奥?

趁着罗工上洗手间的当儿,铁皮伸手敲下一个键,屏幕上的四方体毫无反应。换个按键,依旧没反应;再按,还是不动。

换了十几个按键都没效果,铁皮火了,他干脆在键盘上乱七八糟扒拉一番。嗬,有反应了!字体瞬间散开,横七竖八的笔画绞在一起扭成了一个怪模怪样的麻花,屏幕开始不停地闪烁。

里屋传来关门的声音,铁皮赶紧退开站回原地,双手反剪在背后,装出没事的样子四处张望,心里却乐开了花。

第三章
铁皮石斛

罗工回到电脑前,莫名其妙地看着屏幕上不停翻腾的笔画,瞪了瞪铁皮,再看屏幕,再瞪铁皮,来回审视几趟后他才坐下来,双手搁上键盘。

噼里啪啦!一轮"闪电敲击",屏幕上的字体恢复了。罗工如释重负地敲下回车键,与之同时,隔壁屋里传出拉锯伐木般的声音,他站起来透过一个隔墙上的小窗户朝里面瞅了瞅,走进了里屋。

吱吱——嘎,吱吱——嘎。持续的切割声让铁皮大为好奇,他想,准有几个机器人在罗工操纵下拉锯。从他"辨别敌方方位(网络游戏中的常用语)"的经验判断数量远不止两个,而且决不是普通的机器人,可惜他够不着那个高高在上的小窗口。

于是他试探着去推另一扇门。屋内的拉锯声却戛然而止,罗工从里面抱出一叠切割雕刻好的大字面板。

铁皮只好放弃了侦察。

老爸返回广告店取过面板拉上铁皮回家时,街市已是华灯初上。

晚上，铁皮梦见自己的十指在键盘上飞舞，操纵着一伙机器人在烈日暴晒的步行街楼顶焊接铁皮字、安装广告灯箱，老爸则舒舒服服地坐在空调房里看他操纵那群不惧炎热不知疲倦的钢铁勇士……

一觉醒来，铁皮竟有些崇拜设计广告的罗工了。

好消息从家乡不断传来。地下水的开采让老石家因干旱而撂荒的承包山重新绿意盎然，又成了发展林、果业的"黄金地段"，而抽水蓄能电站带来的旅游景点开发，让好些家庭就近办起了农家乐饭店和民俗文化旅馆，就连山沟沟里的杜海也在镇上开了一家全自动洗车店。

为乡亲们高兴的同时，老石也有几分动摇。他多希望跟老家的伙伴们一道大干一番，可想到儿子老石又打消了主意。他答应过妻子的，一定要让儿子过上好生活。

为了不让自己受家乡巨变诱惑而改变想法，他通过电话拜托村支书把他承包的田地和山场转让给别人，自己随即更换了手机号码。

第三章
铁皮石斛

  这也是一招"破釜沉舟",他想,自断了退路,他只能奋勇向前在城市谋发展,儿子也唯有努力学习,在城里扎根了。

  "爸,我今天不跟你去干活,"吃早餐时铁皮说,"英语老赶不上,我要在家补习。"

  难得不爱学习的儿子"幡然悔悟",老爸答应得一迭连声:"好、好、好,你专心念书。"

  善意的谎言不是错误!上次临阵脱逃去游泳是为了打掩护,今儿他要去偷学本领——凭他在游戏中的灵敏机警,铁皮相信把罗工那一点点技术偷学到手绝非难事。他发现这是一条捷径。没有凌云那样一个当学霸的好脑瓜,可他的手不笨啊,要是他能像罗工那样神通广大,用不着上中学、读大学就能控制电脑和操纵机器人干活,他在别人心目中不也成了一个了不起的"别人家的孩子"吗!

  铁皮走进广告店时,罗工依然是那种不屑的眼神。

  "那个……面板,"铁皮费好大劲才编出一个比较

合适的理由,"我爸让我来看看下个订单的面板弄好了没有。"

罗工似乎没听到他说话,依旧埋头扒拉键盘。

"那……"铁皮有些窘迫,"我……在这儿等。"

罗工根本没有搭理,仿佛他只是一个影子。铁皮不管这些,他背着双手走近电脑桌,瞪大双眼跟随罗工的手指在键盘上游移。

很快,铁皮就从罗工重复的操作中记下了不少命令键:Ctrl+L——结合字体,Ctrl+K——拆散笔画,而Ctrl+R能改变颜色……趁着罗工进去喝水的间隙,他验证了一下,果然没错!

再测试几组——哇,按F2能放大,大到令人心惊肉跳,一个笔画就充满了整个屏幕!他赶紧按住F3缩小到原来状态。他的手刚缩回,罗工就回来了。

侥幸!没有引起丝毫怀疑!

站到中午时分,罗工起身进了厨房,铁皮凭着记忆又尝试了几个组合键,屏幕上的字体周围就出现很多小方

第三章
铁皮石斛

块,他模仿着罗工握住鼠标小心翼翼地拖动,粗大的笔画随着光标拉拽变细变长……正当铁皮企图将其中一撇拉成飞碟形状时,身后响起一声干咳,他顾不得许多,撒开鼠标飞也似的逃出了广告店。

回到家里,铁皮立即拿出作业本,把脑瓜里收录下的操作组合键全部默写下来。有些复杂,不过,游戏中好些"必杀招"也需要同时操纵手机屏幕上的几个按键,熟练之后一点也不难!信心又增加了几分,他打算再默写一次,看有没有记牢。

看到伏案学习的儿子,收工回来的老爸满心欢喜。吃过中饭,不管铁皮怎么说,老爸也不让他去帮忙干活,非叫他在家继续用功。

暂时不敢去广告店,铁皮象征性地翻开那本厚厚的英语课本,看着如蚂蚁般密密麻麻乱爬的洋字母,他眼睛都花了。抄单词吧,他能记下的单词不到人家的一小半。可是抄着抄着,笔下出现的竟然是从罗工那儿偷学来的快捷组合键!

百花争艳

　　这是咋啦？眼皮不由自主地耷拉下来，他趴在书桌上不知是昏是睡，又迷糊过去了……

　　再次上广告店是一周以后，跟着老爸忙活了一个上午，铁皮坐小货车到了店门口，他赖在车上不敢下去。

　　"傻啊？"老爸回头喊，"车斗那么热，进来等啊，开了空调呢。"

　　铁皮磨磨蹭蹭走进店里，站在刻字机旁，没敢往电脑前凑。罗工举着一张效果图向老爸解说，竟然没向老爸告发他上次捣鬼的事。

　　"……不行，装得太低就会被围墙挡住，"罗工边说边朝门外走，"你来看，站在街上仰视楼顶，角度没那么……"

　　老爸跟着出了门，他们俩站在店外指着对面的楼顶议论着。

　　机会难得！铁皮跑近电脑，双手搁上了键盘。几天以来他一直在脑袋里默记着那些组合键，正急着找机会验

第三章
铁皮石斛

证呢。

没错！组合键的用途他全记牢了，他感到惊讶，仅仅偷学了一上午，居然就能操纵屏幕上的字体……小心些，别再被人家抓住，"同行是冤家"，技术得保密，罗工一定不许他偷学的。

门外的两位依旧在比画议论。铁皮放心地操纵着电脑，他尝试着像罗工那样用一只手敲出组合键，先用左手小指摁住Ctrl键，然后伸出大拇指去敲K键……

跨距太远，铁皮使劲将手指一抻。啪！键没按着，整只左手全压在了键盘上。与之同时，屏幕上出现一行开始填充的绿色灌水条，随即隔壁房间传出了吱嘎吱嘎的切割声。

铁皮又惊又喜，哈哈，他歪打正着，让拉锯的机器人接受了他的指令！

用不了多大功夫，面板就会切割雕刻完成，等门外的两位进来大吃一惊吧。自己的儿子能够操纵电脑了，老爸会惊喜到何种程度？还有罗工，看他还敢小瞧人吗？不

知道他赞许人是种什么表情,会不会像老师的目光那样亲切呢?

店门带着爆破声被撞开。"糟啦!"冲进来的罗工气急败坏,"这张面板值好几千!你……你……"

铁皮跟着紧随其后的老爸跑进切割间。哪有什么机器人,屋里只有一台平摆在工作台上的机器,那个大家伙的上面悬着十字形的轨道,一把切割刀头循着轨道在台面上穿梭……

罗工拔掉了雕刻机的电源,迟了,价值不菲的面板被锯成一堆奇形怪状的碎片。老石朝儿子转过头来,铁皮从老爸圆睁的大眼睛里看到一股熊熊燃烧的怒火……

他跳出那道小门,闪电般地冲过街道窜入小巷,抄近道逃回出租屋,躲进卧室,关上了房门。

整整两个小时他都伏在拖欠了多日的暑假作业上。这算什么——赎罪吗?

他不想上学,并不是完全因为赶不上功课,而是他找不到在家乡学校里的那种"存在感":在老家,他经常上树给同学取卡在枝叶间的风筝,帮邻家老奶奶上房顶整被猫儿翻动的屋瓦,还有田径队的训练——他永远是同龄男孩中跑得最快、跳得最远的一个。夏老师一次次摸着他的头称赞,让他好好练,将来参加全镇、全县的学生运动会。可他连学区举办的运动会都来不及参加就进城了。

城市学校也有田径队,那可是专业体育老师训的。铁皮去看过他们训练,光是老师严格要求的"基本功"就吓得他不敢报名了——他有几分自卑,总觉得在城里,他身上那些爬树登山操练出的种种"优势"全都一文不值……

电话响了,是老爸打来的。"来店里吧,"老石说,"罗工有话跟你说。"

去,还是不去?听老爸那口吻火气早已消了。关键是罗工……别怕,有老爸在,罗工能把我怎么样?

他硬着头皮去了。

老爸不在那儿。罗工独个儿在店里的地板上摆弄着一个玩具车。

百花争艳

"哦,来了——铁皮,我晓得你对这个一定感兴趣!"

破天荒被罗工叫了自己的小名,铁皮感到有几分亲切,绷紧的心弦也放松了。罗工告诉他这是为一家培训机构准备的。

"听说过编程吗?"罗工问。

铁皮点点头,又摇了摇头。

罗工让他给玩具车自动行驶随便出个题目。

"那……左转三圈、右转三圈吧,"他看了看那个小小的车,又加上一句,"然后前进三米,再……退回原地。"

"可以,"罗工将一个芯片插入一个他从没见过的小盒子,然后绕到桌子的另一端,在一台电脑上敲打了一阵,说"行了",就取出芯片插到小车里,打开了玩具车的电源。

神了——被编程的玩具车真的左转三圈,右转三圈,前进三米,再退回到了原点。

铁皮心窝子怦怦乱跳,原来编程这么简单,又如此

第三章
铁皮石斛

神奇!

"可以……教我吗?"他的声音有些颤抖。

"当然可以。"

接下来的时间,铁皮就在罗工的指导下,在无与伦比的快乐和激动中度过。他一再给小车出难题,然后罗工手把手教他编程,让小车一次次听从指挥。难题越出越复杂,当小车子在地板上轻松地绕过他们放下的十几个障碍物,精准无误地抵达目标停下后,罗工在男孩心中的地位已经达到了学校老师的高度。

"这究竟是……啥原理?"他忍不住问。

"我给你讲讲吧。"罗工说着拿过一张纸,边画边讲起来。

铁皮起初还能明白一点点,等到罗工笔下出现一些数字公式和符号,他就堕入了迷茫。

"……我听不懂。"他不好意思地承认。

"哦,对不起,我忘了你还没有学过这些,"罗工猛醒过来,"好吧,今天就到这儿,等你弄懂这些

百花争艳

了——"他指了指画下的公式,"咱们再一起来探讨更复杂的编程……"

还探讨呢!在罗工面前,他彻底成了个傻瓜!铁皮面孔发烫。他第一次非常礼貌地告别了罗工。出了广告店一看时间,居然不知不觉在店里待了两个小时!

偏西的烈日还在高楼房的顶端释放着热量,阳光照不到的小巷已经像山谷一样凉风飕飕了。

第二天,铁皮哪儿也没去。

房间空调调到了二十度,铁皮依旧烦躁不安。罗工昨天带着他"玩"的那两个小时让他想了好多好多,他明白自己再也不能像先前那样"混"下去,可一想到功课中积攒的"拦路虎"越来越多,他对自己的学习能力又产生了怀疑。正在烦恼,电话响了,是新近返乡的凌云打过来的。

"……回来吧,"凌云说,"你简直想不到咱们的村校'牛'到了啥程度!"

"绝对不比城市的条件差!"迎春和立秋叽叽喳喳插

第三章
铁皮石斛

了进来,"还增加了好几个新老师。"

"你就不挂念我们吗?"涛涛也在一旁做开了工作。

"不相信?——让我爸给你发视频!"凌云想得更周到,"不光是学校,咱们村也变得你不敢认了!"

伙伴们的关心让铁皮止不住热泪盈眶。"我也想回,"他哽咽着,"可是,我的成绩……"他担心回到乡下自己同样赶不上课。

"没关系,你可以降一级啊,"涛涛果然很了解他的现状,"你比迎春还小半岁,重读一个五年级,认真些,一定行!"

这话倒实在,铁皮心上安稳了点儿。可是老爸会同意吗?

晚饭后,回到屋的铁皮向老爸说出了自己的想法。

"……好吧,"老爸说,"咱一起回老家。"

"那你就没工作了。"铁皮倒替老爸担心了,"你学的技术都用不上——老家那山旮旯里没谁要装广告牌。"

"我可以回家种药材。你是不知道,政府发来的《迎

百花争艳

老乡回故乡建家乡》的倡议书里对农业有大把的扶持政策呢，凭你爷爷教的本领，种植石斛、山参还不是小菜一碟！"老爸下决心似的咬了咬嘴唇，"我进城原来是为了让你到更好的学校念书，现在看来，老家学校条件跟城里一样……与其在城里打零工，还不如回村脚踏实地干一番自己的事业！"

"真的？"铁皮精神一振，"凌云和迎春早跟我说了，咱们村校也今非昔比，不信，我让他们发视频给你看……"

"小子！只要你回乡下后重新振作、认真读书，老爸吃多少苦都无所谓。"老爸说，"我吃尽了'睁眼瞎子'的苦头，到你这一代，再也不能出新文盲了！"

次日大早，老石上广告店跟老板说明情况后，回出租房和儿子收拾衣服被褥，开始打点行李箱。

第四章　山花烂漫

百花争艳

青云山的南麓是青云镇,也是驾车进入青云山的唯一公路入口。自从大山深处的抽水蓄能项目建设启动,青云山的旅游业蓬勃开展,旅游公司的大巴和自驾游的小汽车在出入青云山的盘山公路上连成了线。大山脚下的青云镇也沾了光,二百米长的新街,完全可以用"车水马龙"来形容了。

霞洞村的杜海在城里打工时开过叉车、喷过油漆,甚至还跟人学过一段时间的平面设计,但主要还是在洗车店打工——洗车这段工作占去了他外出打工经历的三分之二。带着城里培养出的"商业目光"回乡创业，他一下就找准了最能发挥自己专长的行当，相中了进出车流的必经之路——青云镇。于是杜海的洗车店就在青云镇上应运而生。

杜家的洗车店开在小镇桥头的丁字路口，生意好得不得了。尤其是周末和节假日，洗车店会迎来两波高峰，中午和傍晚。远方游客从深山景区驾车风尘仆仆地归来，大都会光顾杜家洗车店。蒙尘结垢的车子沿马路边排起长蛇阵，绕进店里，又一辆辆锃光瓦亮地开出，精神十足地驶上直达县城、省城的国道。

这种场面让杜海的女儿杜娟很是自豪。她想，要没有爸爸妈妈给这些车子洗澡，它们就会把山道上沾来的尘土带回家里，让没来过这儿的人误认为青云山很脏。

其实呢，山里的一草一木都特别洁净，就连山泉汇集的一眼眼深潭都清澈见底，可以清清楚楚地看到碧绿水草间潜泳的石斑鱼。

只怪客人们太性急，把车子开得飞快，搅起了路上

百花争艳

的沙尘。幸好老爸想得周到,经过小店的清洗,那一辆辆五颜六色的小车又变得像泉水中捞出的鹅卵石般晶莹剔透了。

父母进城打工那年杜娟才三岁,她跟着奶奶住在小山村里;后来在霞洞村村校读小学,每天放学回家除了赶羊、关鸡、写作业,就是陪着老奶奶剪剪窗花看看电视。日子在对父母的牵挂中重复着,虽然还算富足,却总像缺乏些什么。

翻天覆地般的山乡巨变突然到来。先是助力乡村振兴的工程队在井冲开采出了丰富的地下水,早已干涸的大水库重新变得波光粼粼,四通八达的灌溉管道让旱地变成良田,缺水的果林茶园也恢复了生机;接着,返乡创业潮带回的学龄儿童"挽救"了霞洞村村校。山村对面,向更高处延伸的公路和络绎不绝的工程车带来了更惊人的消息:群山环绕的山间正在修建一座抽水蓄能电站,大坝一旦修成,大山之中就能出现一泓真正的"高峡平湖"。听老师

第四章
山花烂漫

说，这个高山湖将给山区带来许多前所未有的美景，青云山真要成为远近闻名的旅游胜地啦……

杜娟起初并没想到这些变化会直接影响她的生活，直到父母回乡开店，她才被突如其来的巨大幸福感包裹起来——这得归功于乡村旅游的开发者，归功于绿水青山间不断延伸的公路和发掘的美景，还得感谢那些远道而来的游客、成群结队的汽车……正是这一切，让闲不住的爸妈在离霞洞村十多公里的青云镇上成了大忙人，从此不用出远门去打工。

心存感激，又总想跟爸妈待在一起，在翠屏乡上学的杜娟每到周末就不急着回村了，她要搭乘去青云镇的中巴车赶到爸妈经营的洗车店帮忙干活。其实她并帮不上什么。洗车大都自动化了呀，全自动洗车房承担了冲刷车身的重任，爸妈只需擦拭车内，再吸吸尘、测试胎压或往雨刮器水箱加加水就完事了。杜娟就抢在妈妈前头给客人们让座倒茶、扫码收款。

看女儿那没事找事的欢快劲儿，妈妈时不时催她回房

百花争艳

间写作业。

杜娟非要找活干。"双减"后老师都鼓励他们多参加劳动呢。学校围墙上那大幅宣传画上不也写着"培养综合素养,锻炼健康体魄,加强社会实践"嘛,她觉得,到洗车店跟客人和车子打交道,也是社会实践。

她仍然抢着干活,还主动跟客人交流。

从女孩手里接过茶水或车钥匙,客人们总会对她说"谢谢"。杜娟也清楚这是人家讲客气的礼貌用语,但不管怎么说,她就喜欢听这一声声"谢谢",喜欢享受跟爸妈在一起干活的美好感觉!

对近边的村民来说,"一"字形钢架结构的全自动洗车房,是一件值得茶余饭后探讨的新鲜事。瞧啊,小车从房屋这端列队而入,不久就从另一端鱼贯而出,蒙尘结垢的车身便面貌一新、洁净发亮——那里面到底藏着多少干活儿的机器人?

这年头农家买车一点也不稀罕,可谁不是开到山泉河

第四章
山花烂漫

沟边自己动手洗啊。倒是山里人杜海弄来了这样神乎其神的"高科技"！

不单单是快捷，而且顶棚、底盘洗得干干净净，一步到位，比手工洗车强多了！一传十、十传百，农家小车纷纷来光顾老杜的生意，即使不是节假日，洗车店的生意也很兴隆。

不巧的是，正当生意红火，全自动洗车房有一条环绕高压冲洗喷头忽然"罢工"。全身被喷洒上溶解液泡沫的小车冲洗不彻底，就被出口处的高压暖风强行吹干，开出来，一个个都成了"花脸猫"。

杜海停机重新启动，鼓捣半天仍没找到问题出在哪儿。他急忙向生产厂家电话求助，供应商的客服回答说这属于初始软件匹配故障——设计上的小毛病，不值得大惊小怪。但人家又再三交代：非专业技术人员千万别瞎弄，更不能强行开机，以免造成机械损坏，待他们安排售后维修技术员上门服务。

"别着急，"对方一再保证，"我们的人一到，故障

百花争艳

立马就能排除!"

杜海能不急吗?"啥时候到?"他催问。

客服人员说维修技术员很忙,加之路途遥远,预约后大约在十个工作日内赶到,这段时间先让他克服克服。

客服要他克服,杜海十分恼火。但眼下不是赌气的时候,盛夏的山乡民俗旅游季即将进入高潮,洗车店该大忙了!

没办法,先用人工洗车顶上,渡过这道难关吧!

临时雇请的两位帮工太外行,不是冲洗不到位,就是喷湿车内座椅。因此大多数时候,杜海夫妇还得亲自动手。

放了暑假的杜娟也跟着忙碌——这回不算是"没事找事",她真有活儿干了!爸妈心疼女儿,不想让她插手,可眼下正忙得不可开交,他们还是接受了这个小帮工。杜娟就帮着妈妈用大抹布拖洗车身,拿小抹布擦拭方向盘、后视镜,俨然是个内行师傅。

第四章 山花烂漫

不过，尽管一家三口连同帮工都忙得团团转，洗车速度还是远远赶不上全自动洗车房。那些急性子的车主只得放弃清洗，携尘而去。

杜娟比爸妈更遗憾——这些车子带走的可不光是尘土，还有他们对青云山的印象啊！

晌午过后，忙乱的洗车店获得了片刻清静，杜娟和妈妈这才有时间洗刷午餐留下的碗筷，晾晒洗衣机里的工作服。

嘀嘀！一辆灰蒙蒙的黑色轿车驶进临时安顿的人工洗车房，老爸忙不迭地迎上前，杜娟也赶紧放下手头的活儿，跑进内屋倒上一杯凉茶，恭恭敬敬地端到客人面前。安顿好车主，杜娟跑去洗车房外等着给老爸帮忙。

举着水枪的老爸合上墙上的电闸，一股粗壮的水柱自水枪口喷出激射车身，撞击成粉碎的乳白色水雾，恒定的嗡鸣声顿时响彻屋内外。

震耳欲聋的噪声在杜娟听起来却如同动听乐曲，她站在凉意逼人的水雾一侧看高压水枪在老爸手里上下舞动，

百花争艳

看泡沫枪噗噗噗地喷出棉花糖似的洗车液泡沫。沾上车身的泡沫迅即化成堆堆雪花,黑色轿车变成臃肿呆萌的大棉花糖,看上去有些滑稽。

该她上场了!杜娟拿起一大块海绵,大堆雪花在父女俩的擦拭下迅速变黄、变灰,再次经受高压水流的冲洗,污渍随带泡沫水流进污水池后,小车又焕然一新啦。

老爸把小车开出洗车房,杜娟返身从甩水桶抓出一条长长的擦水毛巾,一端递给老爸,自己老练地牵住另一端平平地铺上引擎盖……几天人工洗车的操练,让她熟悉了这一道道工序。

吸尘器呼呼地收拾着车内。老爸还得测胎压、加气、加玻璃水,杜娟手里的长毛巾又换成了小抹布,在车身各个地方仔细擦拭。

干着这些,小姑娘不觉得累,就算是以后全用人工洗车她也喜欢。这工作多好玩啊,她每天可以见识到各种不同的车辆,红色的、蓝色的、香槟色的,烧油的、用电的……从爸妈跟客人的闲聊中,杜娟认识了好些车子的商标，十字的、圈圈儿的、菱角块儿的……让她奇怪的是，有些看起来特别漂亮的车子，妈妈反而说价格不高。

闲下来时，杜娟就凭脑瓜里的记忆，把好看的小车画下来。

她的图画本很快成了车型"展览会"，小轿车、越野车、敞篷车，应有尽有。晚上关店门后，爸妈忙着清理洗车房的污水池，她就在灯下用水彩笔给车子涂上颜色，还忍不住往车身上添加自己喜爱的小鸟、小虫、五彩山花。

看着本子上一辆辆被她描绘得花团锦簇的小车，杜娟甚至为洗车机器出故障这事儿感到很高兴——要没这故障，她哪有机会参与洗车，哪能真正给爸爸妈妈帮上忙！

一天上午，杜娟在擦一辆红色轿车的尾部时，无意中发现车子的尾箱盖上有一块被蹭掉油漆、开始生锈的缺痕，虽然只有指甲盖大小，可"点缀"在这通体鲜艳的漂亮车身上特别刺眼。她将毛巾扔进洗涤桶，飞快地跑上二楼，从书包里翻出一叠剪好的红色杜鹃花贴纸。

杜鹃花是大山里最为普通的野花，它有各种颜色，深

百花争艳

红、橘黄、洁白、粉红……学会了剪纸的杜娟,可以用任何颜色的彩纸来模仿它们。

她为参加学区美术展准备的作品,也是纸剪的杜鹃花。

这一摞参赛前做练习的习作,她一直放在书包里,没舍得扔。

女孩从中挑出一朵最完美的杜鹃花,来到车后。探头看看专心玩手机的车主,又望了望忙活的爸妈,她飞快地绕到小车一侧,撕开背胶,将贴纸对准掉漆的缺痕,贴稳妥后赶紧离开了。

车主没发现女孩的小动作,扫码支付了洗车费,红色小车缓缓离去。

掩饰伤痕的红杜鹃花从杜娟眼前闪过。她得意极了——一件小小的剪纸作品,竟然装饰了一辆小车的外观!那是多么漂亮的一朵花儿,车主发觉后,会惊喜交加,会因此而记得她家的洗车店,回忆起大山里的杜鹃花海!

第四章
山花烂漫

杜娟剪纸是奶奶教的,奶奶的剪纸手艺来自老外公(奶奶的亲爹),老外公年轻时走乡串村唱皮影戏,戏中的人物道具全出自他那双巧手。

"老外公年轻时——应该还在抗日战争时代吧。"学过历史,杜娟对年代特别敏感。

"谁说不是呢!"奶奶沉浸在回忆中,"那会儿还没有我。听你老外婆说,他们唱皮影戏向老乡们宣传抗日,还特地排演了《岳飞传》和《梁红玉击鼓抗金兵》……"

那个英姿飒爽的梁红玉杜娟"见过",就在她老外公留下的一叠旧皮影人偶里。她还知道,老外公不光宣传抗日,暗地里还替新四军和游击队送信、传消息。借唱皮影戏做幌子,他们几伙计一次次进入鬼子据点侦察敌情。有一回,还里应外合配合游击队锄奸,除掉了几个罪大恶极的卖国贼……

这些经历,老外公从没对家里人说过。直到新中国成立后,县政府派人敲锣打鼓地把补发的光荣证送上门,乡亲们才知道这儿还藏着一个无名英雄。

百花争艳

那时候奶奶上小学了,听人家说起她爹的事迹,她才对皮影戏产生兴趣,开始跟着大人摆弄剪子和刻刀,十几岁就成了老外公做皮影人偶的得力助手。前些年山乡的皮影戏评上了县级非遗(非物质文化遗产),奶奶成了当地制作皮影的唯一传人,她镂刻的"花木兰"和"包青天",现在还在县非遗文化博物馆展出。

不过唱皮影和爱看皮影戏的都少了,奶奶后来剪刻的主要是窗花,人物花鸟,应有尽有。

奶奶是个热心肠,无论哪家办喜事或搬新房,都会来请奶奶刻窗花、剪门神。

雨雪天闲来无事,奶奶偶尔也拿出她的镂刻工具,用塑料片做成活动的皮影人偶,送给左邻右舍的村娃儿当玩具。

杜娟只学会剪一些简单的窗花,但她在学校美术老师的鼓励下,对剪纸格外感兴趣。每天做完作业,店里又不忙时,她就独自在洗车店楼上剪剪贴贴,把铝合金大窗装

第四章
山花烂漫

饰成农家小院的风格。

父母任由她乱贴,对女儿的创作,他们向来不以为意。不过,杜娟并不介意,她知道父母要为生计奔忙。

有一回,爸爸说普通彩纸剪的用糨糊贴不平整,主动为她买来色彩更加鲜艳的不干胶贴纸,她才发现自己的作品一直被父母关注着。

这种材料虽然价格高过普通彩纸,但用起来方便多了,只要撕开背面的透明薄膜就能直接粘上画框或窗玻璃,又平整又好看,而且清理时很容易,不会留下痕迹。

她那幅被美术老师选送到学区美术展参赛的《杜鹃花》,就是用这种有背胶的彩纸剪刻的,还得了个一等奖呢。

女孩很希望自己的作品被更多人欣赏到。于是,当下一辆洗净的小车即将离去,杜娟忍不住又偷偷赠送了一朵同样的杜鹃花。

她多么希望看到车主发现那个免费赠品时的惊喜反应!可惜,那位专注玩手机的车主从她手里接过车钥匙,

百花争艳

付完钱后只是说了声"谢谢",就开车驶上了路。

杜娟多少有些失望。

忙碌的大人们就不能抽点儿时间关注一下自家小车的细微变化吗?这样陶醉在手机世界里,即使进入了大山花海,他们也不一定会欣赏那儿的美景,多可惜呀。

难怪他们的车子总是那么脏,一定是只顾快速赶路搅动了灰尘,还让树枝山石剐蹭了车漆……

她应该把家乡山水的美景向更多人展示,让前来洗车的客人明白这儿有多美,他们就不至于来去匆匆了!

可惜,她还不能像美术老师那样熟练地掌握画笔和颜料。作为皮影剪刻手艺传人的后代,现在她能露一手的,唯有彩纸剪刻出来的花卉……

一辆洁白跑车身上的精美车贴引起了杜娟的关注,那是一幅长达一米的"敦煌飞天"——反弹琵琶的仙女,拖曳着长长的飘带。虽然只是黑色镂空的形象,但装饰在飞驰的小车上,整个儿显得那么和谐,那么活力四射。

这就是车贴!杜娟激动起来——她能剪窗花,也可以

第四章
山花烂漫

做大幅车贴啊!

晚上,杜娟躲在楼上卧室里开始了秘密的忙碌。

她闩紧房门,从书包里取出一朵剪好的杜鹃花平铺在不干胶彩纸上,用铅笔描画边线,一朵又一朵。她按照从奶奶那儿学来的构图,拼接出满枝繁花。

描画完毕,她小心翼翼地用剪刀、刻刀交替处理掉多余的边边角角……为了不让爸妈发现,她故意大声背诵滚瓜烂熟的英语单词。

单开的小朵太不起眼了,她要让更多的客人关注满山遍野的山花!

正月梅花冲雪开,
二月迎春上墙来,
三月桃花红似火,
四月杜鹃闹春耕……

奶奶教的儿歌在心头浮现,她真希望有像奶奶那样的一双巧手,让千姿百态的鲜花在剪刀下绽放。此刻她不敢马虎,一再放慢刻刀速度。无论如何,非得今晚赶制一幅完整的大剪纸,叫……

对,叫"山花烂漫"!

然而,就在她完成这幅超过了六十厘米的大剪纸后,她才发现那画面特别笨——无非是同一朵花的重叠啊,客人会喜爱吗?

自信心受到打击,她将"山花烂漫"折叠起来夹进书页,另挑选了几种颜色,剪了一批单朵的小花。

这些小花依旧不起眼,可是能掩饰掉一些细小的剐蹭痕迹,或者点缀一下车身上大片大片的空白。

第二天,杜娟没敢拿出她的大幅作品,还是给进店的车子贴单朵小巧的杜鹃花,其中还有一辆贴了两朵——那车主实在太马虎大意了,车身两侧分布着的大小刮痕竟然有十一处,仿佛经历了一场战斗。杜娟恨不得把山花贴满整个车身,可那岂不成"大花脸"了?

那么,该不该拿出她那幅"山花烂漫"?

突如其来的大胆念头让她耳热心跳。还没等她下定决心,那辆佩戴了两朵小花的"战车"趾高气扬地开了出去。

她继续找机会向车辆偷偷赠送小幅剪纸作品。仍然没有客人发现车身上无端冒出的贴花,杜娟也没有收到一句感谢,可她心里依旧美滋滋的。

一天下午,杜娟刚对一辆小车做完小动作,那位一再催着老爸加快洗车的客人——戴眼镜的男子盯住了洁白车身后端那朵耀眼的小红花。

从远处偷窥客人反应的杜娟心里紧张极了,仿佛交上试卷,在等待老师的评判。客人喜欢她的作品吗?好像是……

然而,意外发生了:那位戴眼镜的车主人冷不丁伸手扯下杜鹃花,钻进车子发动了引擎。

是嫌杜鹃花太丑了吗?她心里有些忐忑,不知是否该把美化小车的秘密行动继续下去。倘若惹得车主们不高

第四章 山花烂漫

兴，自己岂不是好心做坏事，给爸妈帮倒忙？

等另一辆车驶进洗车房时，杜娟已经没勇气再从口袋里掏出剪好的杜鹃花了。

她老老实实地为客人端茶水，帮爸妈擦车子，取消了坚持好几天的小动作。

供应商的技术员如期上门修好了全自动洗车房，爸妈又清闲了大半。他们只需守在恢复正常运行的洗车房出口，为清洗出来的车辆处理一下车内卫生。

杜娟想干活也帮不上忙啦。她再不敢悄悄送花，洗车店成了完成暑假作业的"校外课堂"。奇怪的是，全自动洗车房轻微的喷水声听起来竟成了噪声。要不，干脆回村里去陪伴奶奶吧。

时近中午，她搭上中巴车回霞洞村了。

厅堂的茶几上摆满了各种颜色的彩纸，奶奶戴着老花镜在一张透明软胶片上镂刻忙活，旁边撂着好些制作好的皮影人偶。

"哟，奶奶，大阵仗啊……这是？"杜娟从没见奶奶剪过这么多皮影。

"回来得正好，赶紧帮忙淘米去，"奶奶头也没抬，"我这急着赶任务呢。乡镇办非遗展览，借去了你老外公的作品，还让我补充几个皮影人偶。"

杜娟真替奶奶高兴！

喂过鸡鸭，她也拿过刻刀和塑料片，帮着刻制衣帽上的简单花饰。

不知为什么，那个反弹琵琶的"敦煌飞天"大车贴老在她脑海里挥之不去。皮影人偶刻制完成后，她让奶奶教她配大窗花，让迎春登上梅枝、画眉陪伴秋菊。

终于在奶奶的指导下完成了一整枝杜鹃花，杜娟好兴奋，那一朵朵山花俯仰顾盼，就跟月亮映上窗口的花枝那样生动鲜活。

干吗剪这么大，真打算做车贴呀？她问自己。

但一想到那位扯掉杜鹃花的客人，她就不再奢望制作车贴了。

第四章
山花烂漫

她把那大幅作品送到小伙伴家，做了铝合金落地窗的装饰。

空前的大尺寸窗花引来了很多的关注，人们忽然发现，先前那种小幅剪纸只宜装饰土墙小窗，如今都换成铝合金落地窗了，非得配上如此大方饱满的剪纸才更相衬！

杜娟的大幅新作带动了一股新潮流。一时间，山村心灵手巧的大姑娘小媳妇争相模仿。

奶奶也鼓励孙女儿把"迎春闹梅""画眉登枝"剪成大幅的。

杜娟就按大幅车贴的标准，把刚刚学会的新花样往大张大张的不干胶彩纸上面搬。听着来取窗花的邻居们对作品的夸赞，女孩的心情又快乐起来了。

她想，要是外地游客都像山里人这样爱花，那他们一定来得更勤，对野花似海的青云山也一定更喜欢。

可惜，好多城里人太忙，忙得没闲心欣赏这些不起眼的山花。

百花争艳

山里女娃儿的剪纸作品,还是让它们在山旮旯里流行吧。

这天,奶奶让杜娟去给村里新建的敬老院送窗花。

花儿花,走人家,
人家都夸女儿乖,
女儿是朵大红花……

路过村部文化广场时,几个小女孩在停车坪里唱着儿歌踢毽子,其中有个冲着杜娟招手。

杜娟认出是她堂妹。她跑了过去。

"看,这车上贴了你剪的花儿。"堂妹悄声向杜娟报告,"我记得,你上次得奖的作品跟这个一模一样!"

杜娟心里一动。小车上有她的剪纸不奇怪,她往车尾和后门上贴的小花儿够多了;令她意外的是这朵红杜鹃挪到了小车的前门上,置于最醒目的地方!

第四章
山花烂漫

出于好奇,她朝车牌瞟了一眼。车牌的第一个字是"粤"——噢,这不是广东来的远客吗?"粤"字车牌的车进山旅游的不少,但自己制作的小花如此受到外地客人的重视,绝对是第一次!

"没错,是我在洗车时送给客人的。"她快活地说着,领着堂妹一伙跑向敬老院的新址。

那一路上她老想唱、想跳。就为了一朵小花被人家看重,值得她如此兴奋吗?

值得!这朵挪到了显眼处的小花,就是客人对她作品的肯定啊!

从敬老院忙完回到自家院坪,老远就听到奶奶在客厅接电话。

"啥玩意儿?车贴?"奶奶有些莫名其妙。

杜娟忙上前抢过话筒。

电话是老爸打来的,说有客人喜欢上店里的杜鹃花车贴,特地来购买,可老爸根本没见到店里有什么车贴,问女儿咋回事。

百花争艳

　　杜娟心上一乐：原来不止一个人喜欢上了她的剪纸作品！

　　"好的，我立马回镇上！"杜娟撂下话筒跑出客厅。告别奶奶，她背起书包兴冲冲地跑过柏油村道，拦住一辆开往镇上的客车。

　　一口气跑进洗车店，杜娟将书包里大大小小的剪纸新作都掏了出来。

　　来店洗车时索要车贴的客人还不少呢，她的小窗花竟然成了抢手货！

　　老爸从她的抽屉里找到了几幅贴花，好像在跟客人讨价还价。

　　"不要钱！"杜娟跑过去，"只要来我们家洗车，都免费送……"

　　老爸被女儿提醒，立刻做了让步。对啊，女儿的小小剪纸能为店里招来回头客，这里头隐藏着"商机"呢！

　　可是，第二天来索要贴花的一位客人却碰了钉子，杜

第四章
山花烂漫

娟拦住老爸给那人贴。

"你不是……不是挺讨厌我的剪纸吗?"女孩冷冷地问。她清楚地记得,正是这位看上去文质彬彬的车主,粗鲁地扯下了她精心剪贴的作品。

"怎么可能呢?"客人掏出一张揉皱了的红花,"你瞧,我一直保存着,可这花儿贴不上了……"原来,那天他是去悼念逝世的恩师,觉得红色车贴有些不妥,才从雪白车身撕下那朵小花。

杜娟心头一暖,立刻原谅人家了。她拿出了所有的作品。

客人一眼就挑中了她第一次尝试的大幅车贴,那数十朵山花组合的"山花烂漫"。

"不行,这些花太呆板,缺少变化。"她说。经过奶奶指教,女孩儿的眼光高了不少。

"不呆板,一点也不!"客人说,"这密密匝匝的朵朵相连,多喜庆,多红火,多有气势!"

拗不过客人的热情,老爸拿过"山花烂漫"亲自替他

贴上了。

"这么大幅的贴在车身上,合适吗?"杜娟反而担心起来。

"没事,"客人说,"车贴不超过车身的一定面积,且不影响安全驾驶,内容健康向上,是在法律许可范围内的。你这幅美丽的作品和车身比起来,没多大呢!"

临走,客人掏出一张名片——哇,他竟然就是投资开发"十里杜鹃"神仙谷的范老板!

难怪他对杜鹃花情有独钟!

杜娟开心极了。

傍晚送走了最后一位客人,老爸让女儿把余下的剪纸都拿给他看。

做完功课的杜娟朝老爸瞟了一眼,觉得老爸那商业细胞特别丰富的头脑里一定又有了新的设想。

"莫打主意,我的剪纸只免费送客人!"她声明。

老爸欣然接受了女儿赠送车贴的建议。于是,各色各样的"杜鹃""山茶""芙蓉"便一朵接一朵从杜娟的剪刀下相继绽放，一排排展示在休息间的橱窗里，任由前来洗车的客人挑选。

开学就是野菊盛开的季节，接下来，金桂、冬梅都要争奇斗艳点缀山景。这些都将出现在杜娟制作的大小车贴里。

当然，女孩最惦念的还是漫山遍野的杜鹃花——等到来年春天，她要邀美术老师一起去神仙谷写生，将一幅幅山花烂漫的美景送给回城的车流，让远方游客永远记得深山里的杜鹃花。

第五章　炉火通红

第五章
炉火通红

青云山东面起伏的山坡上有四个不大不小的山村,分别是上水坳、下水坳、古树坪以及位于山脚的霞洞村,穿过繁花似锦的"十里杜鹃"神仙谷景区,再沿河向下三公里就到了翠屏乡。在翠屏学校,最不起眼的男生要数田旺。论身高,田旺绝对是数一数二,手臂和小腿上的腱子肉,不比体育委员凌霄差。可他就是"不争气"——学校的田径运动会与他无关,对足球、篮球、排球、乒乓球也毫无兴趣,真可惜那好身板了!

更令大家愤愤不平的是,这家伙"毫无"集体荣誉

百花争艳

感,班级间举行球赛,他连啦啦队都不参加,一放学就开溜……于是大家私下里给他取了个绰号:冷旺。

田旺呢,压根儿不把大家的议论当回事。他向来把自己当大人——一个拥有坐骑,还担负着一定社会责任的男子汉,何必跟他们一般见识!

他的坐骑是一匹栗色大马,叫板栗。只要他牵着马儿走下屋前的坡道,他家的小黑狗总要追上一程。

"莫跟了,回去!"田旺下令。黑狗嗷嗷撒着娇,用脑袋在小主人的裤管上蹭了蹭,听话地站住脚步,眼巴巴望着他远去。

男孩拐过前面的弯道,回头看看,黑狗还在原地待着,这个老长不大的家伙!田旺弯腰去捡石子,黑狗才轻吠一声掉头朝山上跑去。

呖呖——呖呖!几只小鸟追逐着从头顶飞过。"之"字形山道两侧,茂密的树木列成一个个方阵,这是近年新造的人工林。轻纱般的晨雾尚未消散,啁啁啾啾的鸟鸣此起彼伏。板栗脖子上悬挂的铜铃儿也丁零当啷,仿佛应和

第五章
炉火通红

着林中鸟语,显得那样单调、落寞,与周遭欣欣向荣的山景,与抬头就能望见的高压电线塔,与山下的电站、新村是那样不谐调。

高山赶马紧带缰,

马铃儿响在陡石岩……

田旺唱起了从爷爷那儿学来的赶马调,可刚唱了几句就忘了词儿。他顺手从路旁拽下一片树叶,压在嘴唇上猛力一吹。哗——一声尖哨拔地而起,鸟儿受惊,齐刷刷地噤了声。就不能吹得柔和婉转点儿吗?他责备自己,扫兴地扔了树叶,伸手给板栗梳理脊毛。

马儿的左臀部有一道伤痕,在油亮体毛的覆盖下并不显眼。但只要上坡下坳时腿股用力,绷紧的肌肉就会让伤痕凸起。

它还感觉得到痛吗?望着伤痕的田旺有些后悔。他老在想,自己当初怎么下得了手。不过那会儿情况确实万分

百花争艳

危急,顶着狂风暴雨和频频震响的落地炸雷,他和板栗在崖巅挣扎……

田旺的太爷爷曾是马帮头领。早在四十年前,新修的盘山公路取代了翻越大山的古道,田家马帮完成了它的历史使命,专事驮运的马儿纷纷跟着马夫们回归了田园生活。

到田旺父亲当家时,他们家只剩下板栗这匹马了。

看着板栗长大的田旺把马儿当作自己最好的伙伴。无论多忙,他每天都要抽时间去遛马,走到平坦的路段,还少不了骑上光背马,举根竹梢条当马刀操练"骑术"。

"骑兵营,冲啊——"男孩模仿电视剧里的英雄,板栗便腾起四蹄,稳稳地跑上一段,让背上的小主人过足当骑兵的瘾。

性子犟的板栗到了男孩手里便会变得温驯,任他百般折腾,从不违背小主人的意愿。

碰上好天气,田旺上学也骑着它。担心马儿受累,他只在望见上水坳村校的旗杆时才爬上马背——就为了在同学们面前风光一番。不过,只要大伙围上来,他就立即跳下,朝马儿背上拍拍,打发它回去。

老马识途。上水坳村校离他家不过一公里远,它晓得规规矩矩回家,任由老主人把它拴到野地里吃草。

就这样,比田旺还小九岁的板栗一直陪他在上水坳村校读小学。

要去翠屏乡读书了,学校不可能由着他牵马出入,田旺跟板栗才疏远点儿。但他放学回家第一件事必定是去看马儿。

这天傍晚,放学回家的田旺照例撇下书包去找板栗,赶到屋后草坡上,却不见了马儿,深深钉入泥地的拴马桩上只剩一截断绳。

板栗跑哪儿去了?天色眼看着要黑下来,聚集的乌云在酝酿一场雷雨。田旺有些急了,他摇松了拴马桩后使劲儿拔起,大声呼唤着他家的黑狗。

"板凳——"

汪——汪汪!狗儿在远处回应,田旺循声跑上山坡。

看见小主人，板凳没像往常那样迎上来，只是站在原地一个劲儿摆动尾巴，板栗就在它身边不远处。

是板凳找到了脱缰的板栗，还是狗儿把马引到这里来的？他不必追究，反正板凳总是与板栗腻在一起，仿佛它俩是同辈分的兄弟。

田旺拆下马辔头上残留的绚绳，在板栗背上轻轻拍了一巴掌，无拘无束的栗色马听话地走上了回家的山道。

板凳却固执地在悬崖边站着不动，汪！它向小主人报告。

它发现什么啦？田旺好奇地跑近狗儿身边，探头望去。

啊，光溜溜的崖壁半腰，一株斜生的矮松上居然骑着一个人！

"噢，总算盼到了你！"跨在崖松上的陌生人喊，"小伙子，有办法帮我脱险吗？"

身陷险境还能如此镇定，田旺对那人顿时产生了好感。

第五章
炉火通红

"来这干啥啊，你？"他问。

"找水——我是勘测队的，姓邱。"那人说他本来是沿着绳索下去崖壁半腰水牯洞找水源，不料还没垂落到洞口，固定绳索的那棵幼松突然被连根拽起坠下山崖，他摔落在洞口凸起的石头边。

"绳子我有。"田旺扬了扬手里沾满泥沙的断马缰。可能太短……他目测着，自己和那人之间的距离至少在四米左右，断马缰必须对折才有可能承受那个人的体重。

"足够了，我这儿还有！"那人从腰间解下一束粗大的尼龙绳，"这绳索没法下到崖底，可向上爬绰绰有余。"

田旺急忙将马缰一端甩下去，几分钟后，那一卷粗绳尾端就拉到了他手里。

"你真的进了水牯洞？"田旺看着下头问。

"进去了——我打听到洞里通暗河，没等齐伙伴，就急匆匆地赶来打前站了。"老邱熟练地将绳索的另一端绕过自己腋下缠缚牢实，"可惜，洞里已经干了——许是地下暗河改了道……"

百花争艳

白忙半天还断了退路,他唯有向伙伴呼救,偏偏这儿又没信号。

"幸好岩洞外的这棵树——我在洞里叫得再大声,你的狗儿也不能发现我……"

说话间一切就绪,田旺拉直了尼龙绳。

"光靠你没法拉动我,"老邱指导,"你要找一棵树,把绳索绕过去……"

崖巅唯一的幼松被连根拔掉,绳索能够着的范围内再也找不到第二棵……只能寄希望于马儿了。田旺从裤兜里掏出一枚骨哨,这是太爷爷留下的唤马神器。马儿一听到骨哨声就晓得主人有急事招呼,会迅疾赶来的。

田旺用力一吹。

哔——哔!

仿佛回应,山林上空扯出一道树枝状的闪电。随着一声闷雷,一大片黑得像锅底的乌云压向山头,大雨劈头盖脸地浇淋下来。

男孩鼓着腮帮子继续使劲。

第五章
炉火通红

尖锐的哨声穿透了密集的雨帘。不一会儿,板栗急匆匆地赶到小主人面前,湿透的栗色皮毛在电光下闪耀着金属光泽,显得浑身是劲。行,有这个大力士相帮,他一定能完成施救!

田旺抹了一把脸,将绳索绕过板栗的胸肌打了死结;又捡起那根手臂粗的拴马桩在绳索中段绞上一圈,用来协助板栗拉拽。

驾——!随着板栗起步,绳索霎时绷紧,人与马合力拉拽着尼龙绳步步前进。田旺看不到下头,只能凭感觉估计那人上升了多少。一米、一米半、两米……好,再努力一把,被救的人就要露头了!

湿透了的衣裤让田旺打了个寒战。加把劲啊,板栗!不加快点儿,老邱要冻坏的!

狂风袭卷着暴雨打着旋儿泼洒,直往眼睛鼻子里钻。

紧要关头,马蹄竟开始打滑……

绝望的男孩抡起了木棒。

啪!木棒重重地砸向马臀,水花四溅,板栗痛得猛力

前蹿。

绷直的尼龙绳陡然松弛，男孩心头一沉，却看到那人双手紧抠住石角，从崖边攀爬了上来。

他的心弦也跟委地的绳索一起松懈，脚一软，坐倒在地。

马儿回过头，大口喘息着，用鼻吻来拱他的头发。田旺伸出手摸马，板栗甩了甩额毛缩回嘴唇，用牙轻轻啃咬男孩的手指，黑狗围着陌生人又叫又蹦。

"其实最后关头你不必赶马，"获救的大块头说，"只要上面的绳头稳住，我就能爬上来的——拽绳索攀爬是干我们这行最起码的基本功啊。"说着，他用牙齿相帮，解开了被雨水浸透的绳结。

"找水——你们还要去寻找水源？"

"当然。"老邱说，"这一带什么都好，要不是缺水源，早成了'金山银山'……"

水牯洞里通暗河，田旺早听爷爷说起过。可是暗河竟然找不到——暗河怎么会改道呢？

第五章 炉火通红

"别急,"见少年满脸失望,老邱安慰他,"我们会从别处找到水源的,青云山宽着呢!"说着,他将绳索挽成圈挎上肩头,弯腰拾起背包。

"别急着走,这雨一时半刻停不了,天要黑了,你又受了伤,挨了冻,不如先去我家吧。"田旺看着老邱跛着的右腿有些不放心,"喏,我就住在这山的背面,这会儿爷爷早做好晚饭了……"

"谢谢啦,"老邱说,"我们几个约定去村里凌支书家碰头,电话没打通我又没赶到,大伙儿要担心的!哦,还不知道你叫啥呢……"

"你那腿还能走?"田旺有意岔开话头,"要不要马儿驮你一段?"

"哦,没事的。"老邱谢别救助他的少年,掉头朝山下走去。

雷声隆隆中,新一轮暴雨迎头浇下。

田旺跟着板栗、板凳往家里赶。山坎上冲刷下来的积水顺着小道流淌,男孩和他的马儿狗儿一路上啪嗒啪嗒地

百花争艳

踩着滑溜溜的泥浆水。

"怎么挨到这刻才回?"把干衣服扔给孙儿,田爷爷抱怨,"又贪玩!"

"马儿跑远了,追过山坑才找回……"田旺冻得嘴唇直哆嗦,却不急着换衣,先抓起几件旧衣服,跑去马厩帮板栗擦干全身皮毛,才返回屋里脱下湿衣裤。"做好事不留名"是他们的家训。因此他不肯把名字告诉老邱,崖巅救人的事当然也不屑于跟爷爷说。

几个月过去,要不是马儿身上的伤痕提醒,他真要把那件事忘了。后来听说他们班的凌霄还给勘测队当过向导,在井冲找到了水源。

田旺不能不关心这个,他的父母就是因为水源断流养鱼失败才离家外出打工。有了水源,田家垅水库"回来"了,爸爸妈妈也会回来的……问题是隔着一座山,井冲的水要绕过山腰引来,那盘山水圳工程得多大啊,水库恢复还不知要等到哪年哪月。

第五章 炉火通红

假如没赶马，下山去学校田旺很愿意走那二千七百五十三级的水泥"天梯"。

可是，农忙季节马儿不能扔给爷爷。自家几亩水田旱地，还有一头牛、两头猪、十几只鸡，外带洗衣做饭搞卫生的家务，周一到周五全得靠七十岁的爷爷一人打理。而且板栗脾气怪，除了田旺祖孙俩，其他人一靠近它就尥蹶子，有时还咧开大白牙咬人。

自从爸妈外出打工后，田旺一早一晚领着板栗上下学。同村组的男女同学有的跟随家人住到翠屏乡去了，有的被接到城里去念书，板栗便成了田旺上学途中的唯一伙伴。

除了做伴，板栗还能帮山上的邻居们带点货物。马儿装备了供人坐骑的鞍鞯，但田旺舍不得骑。下山走长途，他只让板栗驮着轻巧的竹篾货筐。货筐里装着邻居们的白术、淮山、干菇、冬笋之类。把马儿驮下山的东西送到药店和收购站，田旺就把板栗寄存在山脚小镇铁匠铺近边的河滩上，托老铁匠看管，自己再小跑三公里去翠屏学校。

百花争艳

等学校响起预备铃,他的栗色马已经在河滩悠闲散步,啃食河边美味的野麦、狗尾草和牛筋草了。有铁匠爷照料,这个时间段他一点也不担心。

临近村街的大枫树下,两间青砖小瓦的老房子就是铁匠铺。铁匠爷是外地人,年幼时上山采药不慎跌落山崖,田旺的太爷爷在赶马帮途中将其救回带到村里。那时候正是田家马帮兴盛之时,连接"茶马古道"的这段青石路上,不时有来往马帮经过。顺应修整马蹄马鞍的需求,田旺的太爷爷将救回的少年医治好伤腿后,送他去学了打铁,然后在村口傍着客栈和车马店之间的大枫树为他整置了一家铁匠铺,专为过往马帮钉掌、打马镫、修整马鞍架子,少年从此在村里落脚生根。

如今铁匠铺门面还在,当年围着火炉风箱和铁砧忙碌的少年已苍颜白发年逾古稀。随着马帮的消失,老铁匠也不再打蹄铁,只是替近旁农民翻新磨损了的锄头等农具。

田旺每次下山都必须来铁匠铺转转。

不管有活没活,铁匠爷都系着一条厚厚的石棉布围

第五章 炉火通红

裙,花白的胡子修剪得整整齐齐。虽然他的右腿有些瘸,但走路的步伐稳重而自信;抡锤打铁时,他脸上那些黝黑层叠的皱纹里便泛出山峦般厚重的威严,铁锤敲击铁砧发出的声音保持着恒定的节奏,不会快也不会慢。

修农具的越来越少,铁匠铺生意萧条,老铁匠时常闲着。没活儿干,老人就拿一支细细的竹笛,坐在大枫树凸露的虬根上,守着同样孤独的马儿吹一些古老的曲子。

"是赶马调吗?"田旺问。

"老辈子赶马人传下来的,想必是吧。"老人歇歇,又吹出了另一段。

田家马帮的故事爷爷也经常跟田旺讲。他的太爷爷是"老板"也是赶马汉子。按爷爷回忆,打从绕过青龙岭的汽车路修通,马帮的声势渐渐消减,太爷爷的马帮也缩减成了十来匹马。那应该是五十年前,当时的铁匠爷才二十来岁。铁匠铺因马帮兴而兴,也因马帮衰而衰……

再后来,公路和汽车越来越多,马帮渐渐失去了用武之地。马帮仅剩三匹马。爷爷摔伤后,田家仅剩板栗了。

百花争艳

威武的马帮，在板栗这儿画上了句号。

其实这也不值得惋惜。马儿在平地上拉车、下田拉犁还行，长途负重翻山越岭却不能超过体重的五分之一，就是说，一百匹高头大马运载的货物还赶不上两辆大卡车！

但他替铁匠爷难受。

有货可送的日子板栗才像马帮的后代，田旺也以"驭马汉"自居。到药店或者收购站腾空了马背上的货篓子，他把板栗牵到铁匠铺后面，卸下马鞍货架，放它到河滩上去吃草。河滩上稀稀落落地放牧着几头牛羊，都用绳索拴着。马儿不用拴，在这儿它反而从不乱跑，即使主人过时不来，吃饱喝足后它也晓得自动走进铁匠铺后头的旧马棚。

"来了？"坐在铁匠铺门口抽水烟的老铁匠问，"驮货啦？"

"几捆去年晒的糯稻根，"田旺说，"本来要等开学时再带下来的，可药铺老板急着发走。"

该修补的农具早弄完了，老铁匠没啥活儿干，又跟田旺讲起了田家马帮的往事,讲他太爷爷领着马帮从江西拉茶叶经过这儿去湖北,回程驮棉花,一匹大马要驮两百多斤;讲他们每天寅时起床上路,五十多匹骡马拉成长队,人喊马嘶,山里的虎豹豺狼都心惊胆战纷纷让路。

说起当年田家马帮的兴旺,老铁匠满是自豪。

田旺去给屋侧窗台上的几盆植物浇水,这都是他按爷爷的指点为铁匠爷挖来的野生草药,有山苦瓜、七叶一枝花、紫花地丁,还有两盆石蒜。

铁匠爷说来说去总离不开田家马帮,田旺仍然很认真地听,他挖空心思提出了一个与上次完全不一样的问题:"那你为啥不跑马帮要做铁匠?"

老铁匠亮出膝盖上的旧伤。遇到马帮那年他只有十三四岁,要不是腿伤,他早干上赶马汉了!不过,田旺的太爷爷每次经过这里修整马队时,都要教给他医马病的实用偏方,他的手头也随着医马和打铁技艺的长进逐渐变得宽裕。

"你太爷爷,呵,那真正是'龙王爷搬到干岸上——

第五章 炉火通红

离海（厉害）了'！"一说起田旺的太爷爷，老铁匠眉飞色舞，"你晓得不？有一回，路过的另外一个小马帮寄养一匹不吃草的病马在我这，我开了几个方子，都没能让马开口吃食。硬等到你太爷爷回来，他掰开马嘴瞧了瞧，然后带我上山采回一把白花草塞进马嘴。不出一刻钟，他从马嘴里抬出来三条蚂蟥，再给病马灌下一碗生鸡蛋清……嘿，神了！这马当天就开口嚼草，在我这儿养了半个月，就跟打气般壮实起来。"

老人抽出水烟嘴，在椅子脚上轻轻磕掉烟灰："别人不晓得底细，硬要说我是'治马神医'。"

看着老人脸上的皱纹，田旺脑瓜里冒出了翻山越岭的马帮，冒出了熙熙攘攘的村街，冒出了人头攒动的铁匠炉、骡马店、饭铺……这一切都封存在老人的记忆里。

男孩多少能体会老人的感受，怪不得他那样疼爱板栗！

爷爷说得对，无儿无女的老铁匠宁可守着铁匠铺也不愿去乡上的养老院享福，就是舍不得放下耍了几十年的手艺，舍不得忘却年轻时曾经拥有的辉煌。

"该换掌了。"老铁匠望着河滩上的板栗对田旺说，"左后脚那只——维持不了几天啦。"

老人说的"掌"是指蹄铁。"对，昨天我爷爷也说了，"田旺转述着爷爷的话，"他说择时请你换。"

"好的。"老爷子说，"等哪天我神劲儿（方言：精神头的意思）好点，给它换。"

今天神劲儿不好吗？

田旺看看老铁匠浅酱色的脸膛儿，禁不住掠过一丝担心——端着水烟筒呆坐在那儿的铁匠爷显得十分疲乏，眼睛里少了几分往日的神采。

"听说村街要扩建，铁匠铺也要拆，"铁匠爷轻轻叹了口气，"我只怕真要去养老啰……"

田旺没接话。村街扩建的消息他也听到过，看来铁匠铺将成为马帮一样的"历史"，可铁匠爷走了，谁给板栗换蹄铁呢？

第五章
炉火通红

"哎、哎!"有人在叫他,是同班的杜娟,那妹仔叫男生从不叫姓名,一律简称"哎"。只见她从一辆中巴车上探出头来:"你咋不去学校?今天有课余科普讲座……"

田旺困惑地摇摇头,他完全没听说这事。

"是在微信群里通知的。"杜娟喊,"你这'老古董'!还愣着干啥,快上来呀!跟科学家见面,机会多难得!"

田旺心里一动,跟铁匠爷说了一声就飞跑过去,赶在车门关闭的刹那蹿了进去。

中巴车沿着新修的柏油路面驶向乡镇。"老古董"这名字倒实在。他不仅没有微信,兜里的手机也还是爷爷辈才使用的老人机。他这个赶马汉的后代,是不是真像同学们嘲笑的那样"落后于时代"了?

学校实验楼的大教室里,讲台上摆放着一台从没见过的仪器,他们班的体育委员凌霄站在那儿讲得眉飞色

百花争艳

舞——该他神气,毕竟他是带领勘测队进山的向导。

田旺听了好一阵才明白,正是凭这台仪器,人们找到了"逃逸"的水源。他有些惋惜——他是第一个与勘测队接上"线"的,可是亲眼见识他们用高科技手段寻找水源的,偏偏是凌霄!

正说得热闹,他们校长领着个高大的中年人走进来。田旺眼睛一亮,呵,果然是他从悬崖下救起的老邱!

全教室的人都站起来鼓掌,田旺急忙走到后排坐下。这种场合下,他不想被人家认出来。

今天做科普演讲的就是这位老邱。他介绍了用科技手段寻找地下水的原理,还带来了一连串的好消息:地下河已经重见天日,引水工程正在进行中……再过些时日,不光是霞洞村,连上水坳、下水坳等近边几个村镇的农田、果园都能受益,实现灌溉自由;还能直接影响到对面大坑洞蓄能电站的建设,青云镇和翠屏乡的生态旅游规划恐怕要扩大,整个青云山都将迎来全新的发展机遇。

老邱的知识面极广,讲到那些陌生的高科技,他时而引用物理定律，时而在黑板上列出化学分子式，还少不了旁征博引，借助一些同学们熟悉或从未听到过的名人轶事，将枯燥的东西讲得深入浅出，妙趣横生。

一个人的脑袋怎么可以装下那么多学问？田旺觉得自己真该重新认识一下这位勘测队员，对"知识就是力量"这句时常能看到的标语也增加了几分理解。

受到感染而激昂不已，同学们七嘴八舌开始了提问。

田旺脑瓜里转开了，他早听说过大坑洞的抽水蓄能工程。

将来这一切都如老邱所说的一一实现，他爸会不会回山重操养鱼旧业？

陶醉于回忆往事和憧憬未来，同学们问了些什么，老邱怎样回答，田旺都没认真听。

讲座结束，一位戴眼镜的青年抱来一大堆新书分发给大家，还让他们读过后交换着看。呵，都是青云镇书店里没见过的——《未来的农业》《数字化生存》《物理世界奇遇记》……

百花争艳

　　田旺也跑过去领到了两本,一本是《科学探索者》,一本叫《好玩的数学》。数学会好玩吗?田旺看了看奇奇怪怪的书名,趁同学们围着老邱照相,他夹着书靠墙根低头溜出校园,直奔河堤拉上板栗回家了。

　　黑狗早早跑来浅草坡上迎接它的小主人和马伙伴。忽然它低下脑袋,煞有介事地嗅着地面在前边领跑,仿佛有重大发现,还时不时地回过头来,看看后面两位是不是跟上来了。

　　跟在黑狗的后面走上宽阔平坦的水库大坝,然后穿过夹杂着香樟树的竹林,再上一段陡坡,他们就到家了。

　　"勘测队邱队长说,田家垅要通水啦!"田旺朝端着一瓜勺玉米粒在院坪里喂鸡的爷爷喊。

　　"没那么快吧,"爷爷扭过头去看山,"还没听到过开山炮——劈山修圳,总得有炮声开路啊。"

　　这边的山体依旧完好无损,啥也望不到。田旺后悔没打听一下,盘山水圳到底修到哪儿了。

第五章
炉火通红

狗和马在院子里游荡,围在老爷子脚边啄食的鸡群被吓得呼啦一下全散开了。板栗趁机噘起上唇捡食地上的玉米粒,田爷爷把马牵进马厩,鸡群才又围了上来。

次日下午,完成了当天的定额作业,见暑假作业只剩下薄薄几页,田旺又去了铁匠铺。他把从学校听来的向老铁匠转述,老人并不像爷爷那样兴奋,满是皱纹的脸上似乎看不出任何表情。是啊,变化再大铁匠爷和他这"过气"的砖炉也不能受益。田旺煞住了话头。

"要不,明儿就给板栗钉掌吧。"老人说,"钉完能管半年。唉,要是马帮还在,我一天至少得打三副马掌……你晓得不?光你家田老爷子一个马帮就五十多匹,还有那匹马王——年轻时,它驮的货比别的马重一半,一天还能走百多里,掌子自然磨损得快,每个月都得换。可是后来……唉,牲口跟人一样,老了就'没戏'了。"

老人又开始了唠叨。其实他要讲什么田旺清清楚楚。田旺关注的是老人的情绪——讲到太爷爷马帮的全盛期,铁匠爷就止不住语速加快音量加大,借用音乐老师的话来

百花争艳

说,那是老铁匠生命中的华彩乐章!

第二天一大早下山,田旺老远看见一匹马在河滩上疯跑,一个人在后面拽。眼看马儿要把那人拽倒在地。

板栗!田旺一惊,撒腿冲向河滩。

这当儿,板栗正呼哧呼哧打着响鼻,掉转身躯逼近倒地的男孩,猛地扬起后蹄。

啪!马蹄重重地踢在河滩的碎石堆里,强烈的撞击力砸得沙石四溅。田旺飞步抢在板栗再次扬蹄之前,拽开了慌乱的男孩,随之大吼一声,揪住缰绳飞身上马,勒住了急欲狂奔的板栗。

呼噜噜——栗色马认出是小主人,骤然收住了四蹄,竖起的鬃毛渐渐回落。田旺回头一看,被惯性拽倒在地的竟然是刚从城里回村的小学生凌云。

"不晓得这马儿烈性吗?"田旺板着脸。

"晓得。"凌云气喘吁吁擦着脸上的汗和泥沙,"要不我才懒得过来呢。"说着,他跑过去扶起河滩上的另一名小男生。田旺才明白,凌云是为了救同学才去拽马的。

刚被马儿吓得惊逃四散的小学生们围拢过来。担心马儿突然翻脸发烈,他们小心地保持着一段距离,仰望着骑在马背上的田旺。

田旺最怕这种"高高在上"被人注视的感觉,他翻身下马拽紧缰绳,让孩子们轮番摸摸栗色马的额头,算是让他们跟板栗交了朋友。"我不在跟前时,千万莫招惹它,"他告诫那帮村娃,"这马儿容易发脾气!"

见凌云没有受伤,他牵着板栗要回铁匠铺。

"你哥这几天干啥去了?怎么不管着你?"田旺问。

"他呀,忙着读借来的书,"凌云说,"还一个劲儿缠着小王叔教电脑呢。"

"啥?他开始学电脑了?"田旺真觉得自己应该对这凌霄刮目相看了,"你在城里也学过吗?"

"当然学过,有些东西,我哥还得向我请教呢。"凌云没吹牛。见田旺满脸不相信,他又把城里的多媒体教室绘声绘色地描述了一番。

百花争艳

田旺心里咯噔一下,又一次感觉到自己"老古董"式的落伍。对,他不能再当"老古董",他也要参加学校的文体、科普活动,要迎头赶上了!

大枫树前的土坪里停着一辆大巴车,从上面陆陆续续下来好些游客。怕板栗再闹脾气,田旺赶紧放慢步子,拽紧了缰绳。

城里人大约觉得眼前什么景物都好看,刚下车就有好多人围着大枫树那青筋般的虬根拍照。看到田旺牵着马走近,他们又举着手机围了上来。田旺就把板栗拴在了铁匠铺前的绚马石柱上。

系上石棉布围裙的铁匠爷正在往盛满木炭的砖炉里生火,田旺坐到一旁拉起了风箱。一些从没见过打铁的游客又朝铁匠铺围上来。

铁匠爷将一只打制好的马掌塞进烧得正旺的炭火中间,然后拿着几件工具来到板栗面前,他半蹲下来,伸手在马儿的左前腿上轻轻拍了拍,板栗乖乖地抬起那只马蹄,任由老人摆布。

"哇……好听话哦。"围观的人群发出惊叹。

"马最怕人动它们的腿,提腿前拍拍腿就是告诉它不要害怕……"一个充内行的人在一旁解说,"马是有灵性的,人说的话它们都能听懂……"

老人任由人家议论并不解释。他拿过一把大铁钳夹住马蹄上的旧马掌,左右摇晃几下,那个被磨损得薄薄的铁皮被连根拔起。铁匠爷放下钳子,用快刀将马蹄外围的硬甲削了削,又用锉刀修理平整。

这当儿,砖炉里的马掌已经烧得通红,田旺也离开风炉来到人群周围。

"嘿,它会痛吗?"一个白白净净的男孩怯怯地问。

田旺瞅了一眼跟他年龄相仿的城里男生:"你剪指甲痛吗?"

"哦!"男孩点点头,瞪大双眼看着。铁匠爷钳起烧得火红的马掌,在铁砧上敲打修整,趁热压上马蹄,旋即冒起团团青烟,空气中弥漫出一股焦煳味儿。城里男生咬

百花争艳

紧牙齿,紧紧地抓住身旁大人的胳膊,看那样儿仿佛他也被烫了似的。

男孩肩上挎着的小包让田旺心动了一下——精致的背包上分明标识着无人机!

那天听凌霄说起在老龙潭放飞无人机的景象,他就一直向往着亲眼看看这个神奇的玩意儿。可男孩死盯着铁匠爷钉马掌,根本没有放飞无人机的打算。

"旺伢,挑钉。"铁匠爷喊他。

田旺挤进人群,在老人身边的铁盒子里挑选出跟板栗蹄甲匹配的短铁钉。

板栗的四个马掌全部更换完成,人群还没散开。田旺牵着板栗往铁匠铺后面的河滩上去放牧,身后远远地跟过来一个戴眼镜的男人。

"你姓田?"男子朝田旺小跑过来。

"找我有事吗?"田旺停住脚步,警惕地望着来人。

"当年大名鼎鼎的田家马帮谁不知道!见你在河滩上降服烈马露的那一手,我就猜到了你是田家的后人……"

说着，那人递上一张名片。

哦，原来此人是"十里杜鹃"神仙谷的范老板。田旺早听人说旅游公司利用抽水蓄能的高峡平湖开发了一处A级旅游景区。现在，范老板又决定将景区向这边扩展："真想让你们这边也跟大坑洞一样，旧貌换新颜。"

"那可不是小工程，光是这条老街就得花费不少钱去整修。"田旺看着古老的青石板小街，担心地说。

范老板说新修的进景区车道要绕过这一片，青石板街道不但要保持原样，还要沿着旧路再向深山里延伸呢。

"那是古马道。"老铁匠搭腔，"喏，从村街往西，翻越"铁门槛"再到一线天……"

"对，对对，我就是要恢复古道，"老板说，"你们想想，从这翻山越岭连通大坑洞有将近二十里的山路，足够让游客体验到当年的茶马古道风情……"

"可惜，建得再好也没意思，"老人轻轻地叹了口气，"没有了马帮……"

"有啊，我们公司已经派人去采购了……今天有幸

百花争艳

遇到你们两位，真是运气！"戴眼镜的男子兴致勃勃地展开一张电脑绘制的彩色效果图。啊，这上面不光有新修的村镇，连铁匠铺都画进去了；大枫树下的草坪，被标明为"古风驿道"的起点。

"等到一期计划完成，我还得请您老出山！"

"好啊！"兴致勃勃地听完范老板的描述，铁匠爷的神劲儿又足了，他指着田旺说，"当时我比这小子大不了多少，根本干不了啥活，倒是他爷爷，我那位师弟，小小年纪就成了赶马好手……"

从未见到老人这样兴奋，田旺为之高兴，为了不打搅他们，他牵着马从后门悄悄地溜了。

一连下了两天毛毛雨，连坪院都没湿透，阴云被风刮走后又亮出了半幅蓝天。夜间干风呼啸，吹得庄稼野草没有一滴露水。

傍晚，田旺照例牵着板栗上山放牧。东山几块草场都放遍了，今天得转往北边的犁头山。犁头山草场背着烈日，

第五章
炉火通红

野草长势比别处更旺，田旺不辞辛劳也要领板栗上这儿。

跟着来凑热闹的板凳也兴奋不已，它用爪子到处扒拉，捕捉着假想中的猎物。

汪——汪汪！黑狗忽然挺直身子，朝着山脊对面的豁口发出一连串吠叫。

高坡上有一垄梯田，灿若炉火的夕晖下的田垄里有许多人在忙碌。每隔几级梯田有一股白花花的水柱从翠绿浓密的禾苗中向上蹿——哇，这边已经有水抽了！

到整垄梯田的顶端总共分了五个层级，田旺想可能是抽水泵的功率太小，所以每个层级不可能抽得太高。人们都在忙上忙下，用装满沙子的纤维袋临时加固被水柱冲刷的泥巴田埂。

引水工程这么快，水库里竟然有水可抽了——可是抬头望大山架子，依旧看不到一处新土，更别说绕山水圳。

"望什么啊，这回修的是穿山圳！"爷爷牵着浑身湿透的黄牯牛从水库那边走来，"也不晓得用的什么机器，大山这么快就给钻了个洞——瞧，出水口在那边！"

百花争艳

顺着爷爷手指的方向，田旺望见了那一泓新出现的瀑布……

吃晚饭时，电视台的本地新闻做了专题报道："……全断面岩石隧道掘进机大大缩短了工期……这个长达两公里的穿山灌溉水利体系的建成，不仅为霞洞村'解了渴'，还造福了流域沿线……"

爷孙俩在饭桌前高兴得合不上嘴。

爷爷和糯稻种植户的老农们不再唉声叹气，他们在星空下乘凉时又自得其乐地拉响了二胡，几个老戏迷咿咿呀呀地唱开了花鼓戏。说起今年的收成他们信心满满：水来得及时，庄稼地的产量兴许还能比去年高出一两成！

一大早，田旺正准备出门遛马，旅游公司的范老板兴冲冲找上门来，说马已经买回来了二十匹，非得请田爷爷去指导。

盛情难却，爷爷只得跟着他一道下了山。田旺也跟了去。

胖乎乎的大马，身上的驮架和货篓是塑胶仿制的，虽然轻飘，看上去倒十分逼真。

在外人眼里，这群马和身着仿古服装的年轻"赶马汉"们够威风了。他们集中在"古风驿道"的牌楼下，吸引了很多人拍照。

范老板请田爷爷给"赶马汉"们讲讲马帮的老规矩，好让还原效果更逼真。为了增加视觉吸引力，田爷爷让其中两位牵马的人骑上马背，可是马儿没走几步就停滞不前，像是累坏了。

站在场外看热闹的田旺感觉挺骄傲，他的板栗虽然看起来比旅游公司买回来的马要瘦不少，但板栗担负百把公斤重荷完全没问题，就算骑上一个大胖子，它也能轻松自如，健步如飞。

开进霞洞村广场的外地小车越来越多。虽然景区的马儿驮人走不了多远，但仍旧为旅游公司带来了不少的游客——那些城里来的客人乐意骑在马背上自拍互拍，充当一回茶马古道上的驭马人。

百花争艳

山歌不唱不开怀，

井水不挑长青苔……

高悬的大喇叭里播放起了录制好的赶马调，演唱者竟然是铁匠爷，连伴奏音乐也出自他的短竹笛。于是，古道、马帮、赶马调组合成了景区的特色项目。可想而知，随着茶马古道成为网红旅游打卡地，霞洞村街上的土特产店铺和近旁的农家乐饭店、民俗旅馆也将雨后春笋般兴盛起来……

刚到家，爷爷就告诉田旺说范老板来过电话了。

"他想买下板栗。"爷爷说，"我答应明天给他回信。"

田旺闷了一夜，他无法集中精力写作业，也读不下一页书，躺到床上，又睡不着。

田旺明白，与盘山水渠、蓄能电站以及新兴的生态农业种养殖一样，旅游也是促进山乡变化的一个重要推力，

第五章
炉火通红

他应当全力支持。可是要他交出自己的爱马……他想听听爷爷的意见。

"你的马,你自己做主。"爷爷把难题交还给了他。

可田旺根本就做不了主,因为他压根就没想过要跟板栗分开的事,更别说卖,用板栗去换钱只会让他更难受。

早饭后出门遛马,田旺慢吞吞陪着板栗往山上走,任凭黑狗在前面催促。他甚至希望就这样走下去,陪着他的栗色马永远这样走着。

抬头看天空中随风飘荡的云朵,看鹞鹰在天空盘旋;抓起一把小石子扔向灌木丛里,惊起一小群芒花雀;捡起一根小棍子,在地上胡乱地涂画,又用脚乱蹉一通。

阳光越来越强烈,他牵马回了家。

"想好了吗?"爷爷走近马厩说,"范老板又来电话了。"

田旺站在马儿跟前没吭声。板凳从横木底下钻进马厩,围着板栗的蹄子又啃又咬地嬉闹开了。

田旺伸手摸了一把,马儿仿佛哆嗦一下,将鼻吻伸出

百花争艳

横木蹭向男孩的脸颊,发出呼噜呼噜的声响。

"别为这个难受,"爷爷说,"咱不卖,你放心去住校,我替你养着它。"

看着眼前村里日新月异的变化,田旺想起铁匠爷的话。对啊,即便是马王,它的华彩乐章也只能在年轻时——他应该趁着板栗年富力强时放它回归马帮。

吃早餐时,田旺不再沮丧,他向爷爷说出了自己的决定。

"好!"爷爷赞成,"周末和节假日出工,只租不卖。"

高山赶马紧带缰,
马铃儿响在陡石岩……

走上盘山小道,田旺心头又响起了赶马调。

在一段平路上,田旺双手一撑骑上马背。"骑兵营——冲啊!"他喊着,恍惚回到了上村校的时代。现在他长大了,板栗也成年了,这匹正宗驮马的后代将要成为

第五章
炉火通红

新马帮的头马,率领一支专为游客体验古风而建立的马队,为人们献上青云山特有的迎宾礼遇。板栗飞向马群,它矫健的英姿在人流中引发了一阵欢呼。

第六章　百花争艳

第六章
百花争艳

午睡起床,凌云跑去村头超市打听网购手电筒的快递包裹到没到。一辆大卡车沿着盘山水泥道开上来,一直开进了村校大门。

凌云跟在一伙村娃的后面追了进去。

驾驶室里跳下来的却是他爸。老爸不是忙啥子创业项目吗,怎么还有时间来帮夏老师搬家?

"啥搬家啊?我来替你们学校送电教设备!"老爸满脸喜气,"这也跟我们的创业计划有关……"

"学校都要撤了,还要那些干啥?"凌云莫名其妙。

百花争艳

"谁说的?"副驾驶座上跳下学区主任,"咱们村校非但不撤,还要扩大!"

凌云用力在腿上掐了一把,哟,真不是做梦!不是说生源太少吗?

老爸告诉凌云,他接受了镇上的聘请,准备按他在南方经营的"产销一条龙"模式,在村里创办专业合作社,带领乡亲们在村里原有果园的基础上,将这一带的灵山秀水全部开发出来,发展"林果旅融合"的现代特色产业。

"我从电视里看到了,"凌云抢过话头,"就是'以果为媒、以旅兴农',对不对?"

老爸点点头说,这样的大项目需要大量的劳动力参与建设。收到政府发出的《迎老乡回故乡建家乡》的倡议书后,在城市和城郊打工的乡亲们都纷纷返乡,回来了一百多户,其中半数以上的家庭带回了学龄儿童。

这一来,最棘手的生源问题一下子就得到了解决。原本准备撤点的上水坳、下水坳、古树坪几所村校就与霞洞村的小学合并,并将其升级为配套齐全的"大校"。县教育部门立即拨款为学校添置现代教学设备……

说话间,老爸蹬上车门踏板,把手伸进驾驶室摁响了喇叭。

嘀——嘀——!随着这呼唤,在学校附近田间地头忙碌的大人都赶了过来,帮着卸车,把大大小小的木箱、纸盒往学校里抬,校门口顿时熙熙攘攘。

凌云也搬起一只不知道装着什么的大纸箱往里跑。

哇,村干部、夏老师,还有哥哥凌霄和他的同学都在为多媒体教室安装新课桌椅、书柜和窗帘。讲台上那个埋头书写大红对联的白发老人正是爷爷。

"这么大的喜事,干吗瞒着我?"凌云冲着爷爷抱怨。

"我倒是想早点儿给你报喜,可你有时间吗?"

可不是!自从对"村校保卫战"失去希望,凌云哪天不是在外面逛荡到昏天黑地!

原来,就在他们为筹备"飞毛腿"行动忙得稀里糊涂的这几天里,爷爷、老爸和他们的队友从另一个方面展开

百花争艳

了"村校保卫战",而且大获全胜!

世界真奇妙!这一回,爷爷、老爸他们这些大人难得地跟孩子们想到了一起,而且实实在在促成了他们昼思夜想的目标!

被一群小学生包围的新校长兴致勃勃地发表着即兴演说,给大伙讲解现代教学设备:畅通的互联网络、丰富的课程资源以及配套的阅读书籍。他说,这一切能够让山乡的学生娃获取到与大城市学校一样的学习资源……

——幸福来得太突然啦!

千里迢迢赶回老家,刚下长途客车,老石父子俩就傻眼了:这还是青云镇吗?离开家乡时,县城也没这么繁华啊!小镇街道"长"出了四车道;公路两侧跟大城市一样商铺云集、广告高悬。走在车来人往的大街上,他们就像做梦一样!

更令父子俩喜出望外的是,还没回霞洞村,老石的技术就有了用武之地。沿镇街新开了数十家饭店、旅馆、土特产店等店铺，同村的杜海为这些商铺设计的招牌广告已送县城制作好了，正准备请人安装，听说大名鼎鼎的"蜘蛛侠"老石回来了，立马在镇上"拦截"了他。

铁皮呢，早被前来迎接的伙伴们簇拥着上了通往霞洞村的中巴，急着参观新学校去了。

多媒体教室里，一群迫不及待的孩子围在一体机前面，缠着一位陌生的年轻老师，打听屏幕上播放的机器人自动"干活"究竟是咋回事。老师说："我给你们演示一下。"然后他取出一辆四驱车模型。"机器人自动运行，其实是被编了程序。"老师小心地从小车模型底部取出一个芯片。

铁皮心里一动。呵，那天罗工也是通过小车模型向他解释编程的！他心里忍不住痒痒起来。"老师，能让我试试吗？"他小心地问。

"可以啊，"老师打量着这个比寻常山里娃儿更黑的男孩，"你学过？"

百花争艳

"不是学,是在城里时玩……玩过。"铁皮不好意思地说。

老师将插好芯片的适配器连上电脑,打开编程软件,信任地把铁皮领到电脑前。

铁皮便让凌云给小车自主行进路线出题。然后他按照罗工教给他的编程语言依次输入,再将写入程序的芯片拔出装上了四驱小车。

小车的精确行驶引起了满教室的欢呼,铁皮激动得脸膛发红。

大枫树下的铁匠铺整治一新。新刷过的墙上挂着新马帮的巨幅照片,而讲述田家马帮历史的说明词,也配上了太爷爷的遗像,还有爷爷、老铁匠和板栗的合影。在这些衬托下,古老的铁炉、铁砧和陈列在两侧的马鞍、驮架以及蹄铁的样品,显得更加古朴而生动。

田旺将一幅范老板送来的旅游线路示意图粘贴在檐下的彩绘木框里。

第六章 百花争艳

"哎——哎——"有人在喊。是叫他吗?田旺回过头——又是杜娟。那女生抱着一个花钵站在村街对面朝他喊:"去参加开学典礼吗?"

"开学典礼?"田旺蒙了,"不是明天才开学吗?"

"不是,"杜娟说,"我说的是霞洞小学——为了邀齐学区领导和帮过忙的全村乡亲,新校长决定提前一天举办开学典礼。"

"哦,去、去,"田旺说,"等等我——我进去换件衣……"

"你还得准备一盆花。"杜娟在他后头喊。

"什么花?"田旺莫名其妙。

"山花啊,"杜娟指了指身后的田间小道,"——瞧!"

正对村街的田埂上走来几个男生女生,他们手里都抱着大大小小的花盆花钵,里面全是鲜活的花草——有野菊、木槿、芙蓉、鸡冠、薄荷、紫苏……

原来,杜娟发起了一个"用山花美化校园"的倡议,得到了大伙儿的响应。他们决定把霞洞小学新学期开始的

第六章
百花争艳

第一天当作"山花节",让校园成为百花争艳的舞台。

"我有!"田旺跑进铁匠铺,洗了把脸,从窗台上端过一盆抽薹怒放的石蒜。在山里,石蒜算是普通的草药、寻常的花,但它那硕大的金红色花束,一定能为小学带去鲜艳的秋色……

夏老师让凌云用萨克斯应和手风琴,一起奏响国歌的旋律,为操场上前来参加开学典礼的学区领导、父老乡亲以及全校师生大合唱伴奏。

国旗在绿色林海和田园环抱的学校上空冉冉升起,如同一轮光芒四射的红太阳……

开学了。一大早,田旺就出了门,晴朗的天空飘浮着薄薄的白云。通过穿山圳从井冲引来的地下水充实了田家垅水库,山脚水力发电站的机器又恢复了轰鸣;山道边的梯田里,晚稻秧苗在丰沛的地下水浇灌下返青、分蘖,晨风一吹,掀起层层叠叠的绿浪。

村街一侧,停车坪的中巴车上有人朝他招手,是凌

霄、杜娟，还有从城里回来的几位学生。田旺紧跑几步，跃进车门。中巴缓缓启动，窗口闪过铁匠铺打制马掌的炉火，炉火映红了铁匠爷的脸，照亮了老人带笑的菊花纹。田旺想，也许，人的一生中远远不止一个华彩乐章——就像这千万年高耸的大山，经过辛勤劳动的人们的装点，不也焕发出青春活力，奏响了崭新的乐章吗！

# 后记

　　美好的神话世代流传，青云助人为乐的精神融入了青云山人的血脉，铸就了大山中勤劳、善良、淳朴的民风。

　　长期在农村基层工作，我有感于乡村振兴战略实施下的山乡巨变，一再目睹回乡创业的新农村人与自然和谐共生的崭新风貌，就产生了用文学作品来记叙这一切的冲动。2019年8月，凝聚几代人心血，老区人民翘盼多年的大项目湖南平江抽水蓄能电站工程终于开工建设。到项目所在地去采访的我，结识了跟爷爷奶奶在山村生活的一群孩子。他们给我讲述了本书开篇的那段传说，领着我一起参观新开发的旅游景点，体验各种农业劳动，一同进山去护林站"探险"……

百花争艳

　　山高水秀、峡幽林密的福寿山，到处都是大片大片桃红李白的果园，山头上采茶女的歌声遥相呼应；极目远眺，峰顶的风力发电塔架高低错落，耸入云天；山脚下白墙红瓦的乡村别墅林立，柏油公路像一卷卷柔软的黑色绸缎向四面八方延伸舒展，有如凝固的山间飞瀑流泉……跟小朋友一起欣赏着这些美景，恍然感觉自己也回到了少年时代。

　　孩子们争着向我讲述自己的故事，莫不流露对家乡山水和历史的自豪，对远方来客、对家乡建设者们的感恩与深情。我在为他们高兴的同时，也为这部小说创作找到了突破点——对，就以少年儿童的视角，来写一部反映山乡新貌的作品吧。

　　我开始整理平时记录的走访素材，发现好些孩子都在自发地为家乡的建设出力：他们有的为前来帮助农民抗旱的水源勘测队领路，有的想尽办法帮助小伙伴回归校园……不论工程建设、旅游开发，还是美化家园，到处都有孩子的身影。

　　巨变中的山乡开拓了孩子们的眼界，虽然他们的行为或许略显稚拙，但其中闪现着他们对英雄业绩的向往、对美好未来的希望。

在湖南少年儿童出版社编辑吴岚冲老师的鼓励下，我完成了这部习作。我相信，这群热爱家乡、热爱劳动、乐观向上的阳光少年感动了我，一定也能感动读者！

图书在版编目（CIP）数据

百花争艳 / 李彩红著 . — 长沙：湖南少年儿童出版社，2023.10
ISBN 978-7-5562-7018-7

Ⅰ.①百… Ⅱ.①李… Ⅲ.①长篇小说—中国—当代 Ⅳ.①I247.5

中国国家版本馆CIP数据核字（2023）第055457号

百花争艳
BAIHUA ZHENGYAN

策划编辑： 吴岚冲
责任编辑： 吴岚冲
插图绘制： 金粒子
装帧设计： 刘　璐
内文排版： 嘉伟文化
质量总监： 阳　梅

出　版　人：刘星保
出版发行：湖南少年儿童出版社
地　　　址：湖南省长沙市晚报大道89号
邮　　　编：410016
电　　　话：0731-82196320

常年法律顾问：湖南崇民律师事务所　柳成柱律师

印　刷：	长沙新湘诚印刷有限公司		
字　数：	120 千	开　本：	870 mm×1360 mm　1/32
印　张：	6.75	书　号：	ISBN 978-7-5562-7018-7
版　次：	2023 年 10 月第 1 版	印　次：	2023 年 10 月第 1 次印刷
定　价：	35.00 元		

版权所有・侵权必究
质量服务承诺： 如有印装质量问题，请向本社调换。